Verworren

Kilian und Emma

KDP-ISBN: 9798523402791

Zeichnungen: Alina Jung

Coverdesign von: Alina Jung

Für Alexa, die vieles zu früh verloren und trotzdem nie aufgegeben hat.

Eiswandlerin-Reihe

Teil 1 - *Das Herz der Drachen*

Teil 2 - *Die Rache des schwarzen Königs*

Teil 3 - *Das Geheimnis der Seelensteine*

Teil 4 - *Die Reise ins alte Königreich*

Vorwort

Nimm dir eine Auszeit von deinem Alltag und lass dich von der Geschichte davontragen.

Leichte Kost, durcheinander, verworren.

Verbindung zur Eiswandlerin-Reihe

Diese Erzählung ist als Fantasiegeschichte gedacht. Sie zeigt einen kurzen Einblick in das Leben von Kates Großmutter Emma, wie sie Kilian auf der Erde kennengelernt hat.

Auch wenn es eine Vorgeschichte ist, kann dieses Buch ganz unabhängig von der Hauptstory gelesen werden.

Ich liebe es jeder Figur meiner Welt ein eigenes Leben zu geben, selbst wenn sie für die Geschichte der Eiswandlerin keine Rolle spielt.

Kapitel 1

„Schlimmer kann‘s nicht werden“

---Frankreich, Paris, Sonntag 5. November 1961---

Er wischte sich das Blut von den Fingern und ließ den Blick schweifen. Umgestoßene Möbel, eine zerbrochene Vase und ein zerfetztes Kissen. Marie Moreau hockte leise schluchzend auf dem Sofa. Die Beine angewinkelt und schützend in seinen Mantel gehüllt, starrte das Kind auf die Leiche am Boden.

Er hatte provisorisch eine Wolldecke über den Mann geworfen, doch viel schien es nicht zu nützen. Der metallische Geruch und die sich langsam durch die Fasern fressende rote Farbe konnte er nicht verhindern. Sie würde mehr als nur eine tröstende Umarmung brauchen, nachdem was sie in den vergangenen Wochen durchgemacht hatte.

»Kilian.« Er hob den Kopf, beim Klang seines Namen. Patrick betrat das Wohnzimmer. Er hatte eine Platzwunde unterhalb des rechten Auges und er humpelte leicht.

»Die Polizei wird gleich hier sein und die Mutter habe ich ebenfalls informiert«, berichtete sein Freund und schob mit dem Fuß die Scherben zur Seite.

Kilian nickte.

»Was ist mit einem Krankenwagen?«, wollte er wissen.

»Ich habe nicht viel abbekommen«, meinte Patrick, während er seine Waffen in der Innenseite seiner Lederjacke verstaute.

»Nicht für uns, Pat. Das Mädchen«, wies er seinen Partner auf die zitternde Marie hin, welche nichts von ihrer Unterhaltung mitzubekommen schien. Ihre Augen verrieten ihm, dass sie sehr weit weg war.

»Madame Moreau sagte, sie wolle ihre Tochter selbst in die Notaufnahme fahren«, informierte Patrick ihn. Wieder nickte Kilian stumm.

»Unseren letzten Abend hier hätte ich mir entspannter vorgestellt«, murmelte Patrick.

»Ein furchtbarer Tag«, bestätigte Kilian. Erst heute Morgen hatte er vom Tod seines Vaters erfahren und jetzt geriet auch noch dieser Kerl außer Kontrolle.

Dabei hatten sie geglaubt, den Auftrag abgeschlossen zu haben. Alles hatte darauf hingewiesen, dass dieser Verbrecher bei dem Erdbeben, am Golf von Aden, von einem Brückenpfeiler erschlagen worden war.

Sie hatten mehrere Augenzeugen befragt, die angaben es gesehen zu haben. Andernfalls hätten sie keine Versetzung angefordert.

Ihr Chef Christian Bell hatte, wie immer, alle Notwendigkeiten in die Wege geleitet, um ihnen einen Neustart in Deutschland zu ermöglichen. Es war ganz normal, dass sie alle paar Monate den Standort wechselten. Sie wollten vermeiden, dass die Menschen sich ihre Gesichter zu genau einprägten oder ihre wahren Identitäten herauskamen. Es war nicht immer einfach unter einem falschen Namen auf der Erde zu leben.

Manchmal vermisste er Umbria.

Nicht der Menschen wegen …

Er vermisste die Stille, den Schnee und das einfache Leben.

Die letzten zwei Jahre hatten sie in Frankreich verbracht und nun ging es zurück in das Land, wo er vor vier Jahren angefangen hatte, für Christian Bell zu arbeiten.

»Danke nochmal, dass du direkt hergekommen bist«, riss Patrick ihn aus seinen Gedanken.

»Sicher doch. Außerdem wäre es heute ohnehin meine Schicht gewesen, wenn nicht die Sache mit meinem Vater …« Er verstummte.

»Hör mal, auch wenn du seit Jahren keinen Kontakt zu Jaron hattest, denkst du nicht, es wäre gut seiner Seelenbefreiung beizuwohnen? Sie würden dich für ein paar Tage hinüberbringen und anschließend könntest du wieder herkommen. Deiner Mutter würde es viel bedeuten.« Patrick kannte ihn gut und er wählte seine Worte mit Bedacht.

»Meine Mutter hat sich schon früher nicht für mich interessiert und ich habe mir geschworen, Umbria nie wieder zu betreten. Mein Platz ist auf der Erde«, gab er kühl zurück. Er hasste dieses Thema. Seinen Heimatplaneten hatte er verlassen, um Abstand zwischen sich und seine Familie zu bringen, dem Leben dort zu entfliehen und endlich seine Bestimmung zu finden. Wieso sollte er es jetzt aufgeben? Der Tod seines Vaters änderte nichts an seiner Einstellung.

»Marie! Mein Kind, wo bist du?«, rief eine hysterische Frauenstimme auf Französisch. Sie wandten sich zeitgleich zur Tür.

Madame Moreau platzte herein und stürzte sich auf ihre Tochter.

»Ganz ruhig, Madame. Es geht ihr gut«, ging Patrick gleich auf sie ein. Kilian blendete die Stimmen aus und trat ans Fenster. In der Ferne konnte er bereits das Blaulicht erkennen.

»Hey, Pat. Vielleicht solltest du die beiden zum Krankenhaus fahren. Ich kümmere mich hier um alles.« Er wollte dem Kind nicht zumuten die ganze Geschichte noch einmal zu durchleben, nicht heute. Das Mädchen war gerade einmal elf Jahre alt und hatte mehr durchgemacht, als es für ihre Seele gut gewesen wäre. Sie würde sich früh genug mit den Machenschaften ihres Stiefvaters auseinandersetzen müssen.

Patrick nickte und half Marie aufzustehen.

»Vielen Dank«, wandte Madame Moreau sich noch an Kilian und küsste ihm die Wangen, bevor sie Patrick und ihrer Tochter nachlief.

Dieses ständige Küsschen links, Küsschen rechts würde er sicher nicht vermissen.

»Er war also der Stiefvater des Mädchens? Und Sie sind?«, wollte der Beamte wissen.

»Bastian Falkner.« Er hielt dem Mann seinen Ausweis hin. »Madame Moreau hat unsere Firma beauftragt, ihr und ihrer Tochter Personenschutz zu gewähren.«

»Natürlich. Wir hatten ihr dazu geraten, nachdem wir bereits einige Wochen erfolglos an dem Fall gearbeitet hatten. Uns war bis heute nie ganz klar, von wem die Drohbriefe und die Tierkadaver kamen.«

»Er ist sehr geschickt vorgegangen, hat sich die letzten Wochen nicht einmal gezeigt«, informierte Kilian den Polizisten. Sein stummer Kollege notierte jedes Wort.

»Unseren Informationen zufolge, hatte er sich im Ausland versteckt«, bestätigte der Beamte, was Kilian längst gewusst hatte.

»Bitte Monsieur Falkner, berichten Sie kurz, was genau heute Abend passiert ist«, forderte er.

»Mein Partner rief mich gegen 17 Uhr an und informierte mich darüber, dass er ungewöhnliche Aktivitäten im Haus Moreau bemerkt hatte. Ich habe mich direkt auf den Weg gemacht. Mein Partner war schon im Haus.

Ich hörte das Mädchen schreien und bin ebenfalls hineingegangen. Der Täter hielt ihr ein Messer an den Kopf, also habe ich meine Waffe gezogen und ihn erschossen.« Er erzählte die Geschichte so klar wie möglich, ließ aus, dass Maries Stiefvater sie unsittlich angefasst hatte und er den Mann erschossen hatte, obwohl dieser sich ergeben und um Gnade gebettelt hatte.

Der Feigling hatte behauptet, er wolle sich der Polizei stellen, doch Kilian hatte es nicht genügt. Er kannte die Vergangenheit dieser Familie, wusste, dass der Mann sowohl seine Exfrau, als auch die Stieftochter mehrfach vergewaltigt hatte und vermutlich hätte dieser Verbrecher nie aufgegeben.

Am nächsten Morgen stand er zeitig vor Patricks Haus und wartete. Es dauerte eine kleine Ewigkeit, bis sein Freund sich von Frau und Kindern verabschiedet hatte. Sie würden sich in vier Wochen wiedersehen und er tat, als sei es ein Abschied für immer.

Die Firma, für welche sie arbeiteten war stets darauf bedacht, das Privatleben zu respektieren und so angenehm wie möglich zu gestalten. Wenn es um den Umzug in ein neues Land ging, dauerte es immer etwas, bis alle Formalitäten geregelt waren.

Tanja winkte ihnen hinterher, als sie die Straße hinabfuhren.

»Wie lange dauert es noch, bis das Kind kommt?«, fragte Kilian höflich. Patrick lachte.

»Drei Monate, das weißt du doch.«

Er hatte recht. Kilian wusste es. Er hatte nur versucht, das Thema für die Autofahrt zu bestimmen, damit Patrick nicht auf die Idee kam, ihm zu viele private Fragen zu stellen. Ein Versuch war es wert.

»Was ist mit dir und Chloé? Wird sie nachkommen?«

Kilians Hände verkrampften sich um das Lenkrad. Sonst funktionierte es immer. Man musste nur das Thema Kinder anschneiden und augenblicklich driftete Patrick in diese Welt ab und erzählte stundenlang Geschichten über seine Familie. Ausgerechnet heute klappte es nicht.

»Sie weiß nicht, dass ich umziehe«, presste er zwischen den Zähnen hervor und versuchte die aufkommende Wut zu unterdrücken.

Zum ersten Mal in seinem Leben hatte er sich einer Frau gegenüber etwas geöffnet und dann kam das dabei heraus.

»Du haust einfach ab, ohne ihr etwas zu sagen? Ich dachte, dieses Mal sei es etwas Ernstes gewesen. Du hast es immerhin länger als nur eine Woche mit ihr ausgehalten.«

Kilian grunzte zur Antwort.

»Ich mochte sie. Außerdem würde es dir gut tun, endlich in dieser Welt anzukommen. Du bist sechsundzwanzig. Willst du ewig alleine bleiben?«, fragte Patrick.

»Vielleicht«, brummte Kilian. Natürlich wollte er das nicht. In seiner Welt war es üblich, in diesem Alter längst verheiratet zu sein und er hatte ernsthaft darüber nachgedacht, wie es wohl wäre, diesen Schritt mit Chloé zu gehen.

Das Ergebnis seiner Gedanken war eindeutig gewesen. Nein. Er hatte es sich nicht vorstellen können und ein paar Tage später hatte sie bestätigt, dass es auch nicht in ihrem Sinne war, ihn zu heiraten.

»Was ist das nur mit dir und den Frauen? Ein nettes

Mädchen würde dir guttun.«

Kilian entspannte seinen Griff, um das Lenkrad und atmete tief durch.

»Ich habe sie mit dem Pooljungen erwischt«, ließ er es raus.

»Wie bitte? Das ist ein Witz oder? Ich dachte, sie sei verklemmt. Bis zum Kinn verschlossene Kleidung, knöchellange Röcke … Außerdem hat sie nicht behauptet, Jungfrau zu sein, als ihr euch vor einem Jahr kennengelernt habt? Sie hat dich ewig warten gelassen.«

»Drei Monate sind nicht ewig.«

»In unserer Welt schon«, argumentierte Patrick.

»Das was sie mit dem Pooljungen auf dem Vordach gemacht hat, sah jedenfalls nicht nach Unschuld aus.«

Jetzt prustete Patrick los.

»Tut mir leid«, brachte er hervor, sobald er sich beruhigt hatte.

»Schon ok. Ich hätte sie auch so nicht mitgenommen. Ich denke, ihr Interesse an meinem Geld war stärker, als an meiner Person.«

»Dann vergiss sie. In München gibt es sicher auch hübsche Mädchen.«

Kapitel 2

„Reine Gewohnheit“

○○○ **Ein Jahr später** ○○○

---München, Montag 5. November 1962---

Er nippte an seinem Kaffee - einem ekelhaften Zeug, welches leider süchtig machte - und stellte die Tasse zurück auf den Tisch.

»Trink! Ohne Koffein werden die langen Arbeitsstunden dich umbringen«, hatte Patrick gleich am ersten Tag auf der Erde zu ihm gesagt und ihm einen Becher mit der schwarzen, heißen Flüssigkeit vor die Nase gestellt.

Kilian probierte nicht unbedingt gerne neue Dinge aus. Allerdings hatte es sich als lohnend erwiesen, die Ratschläge seines Freundes zu befolgen. So hatte dieses Wundermittel, von der Erde, ihm schon durch so manch nie enden wollende Nächte geholfen. Stand man stundenlang alleine in der Dunkelheit - lauschend und ein Gebäude anstarrend - wurde man schnell müde.

In diesem Augenblick jedoch war er nicht alleine und müde schon gar nicht. Der Kaffee war eine dieser unnötigen Gewohnheiten geworden und vielleicht war es an der Zeit sie abzulegen. Immerhin hatte er das Gefühl, dass sich gerade so einiges änderte.

»Okay, du hast mich ganz gut durchschaut, aber dafür weiß ich kaum etwas über dich.« Sie verschränkte die Arme vor der Brust und lehnte sich auf dem Stuhl zurück. So kurz nach dem Aufstehen waren ihre Haare noch wilder, als ohnehin. Ungezähmte braune Locken fielen ihr auf die schmalen Schultern.

Sein Hemd hatte ihm nie besser gefallen, als an ihrem Körper. Eine Schande, dass sie es nicht für immer tragen würde. Andererseits war das was darunter verborgen lag ebenfalls nett anzusehen. Mehr als nett.

»Frag mich, was immer du willst«, schlug er vor, ehe seine Gedanken weiter abschweifen konnten. Ein Funkeln huschte durch Emmas Augen, als hätte sie genau auf diese Chance gewartet. Er ahnte ihre erste Frage.

»Woher kommst du?«, zögerte sie nicht, es auszusprechen.

Kilian lachte. Vielleicht hatte er sie endlich durchschaut, denn bislang war es ihm schwer gefallen sie einzuschätzen.

Sie war nicht wie die anderen Frauen, die sich immer gleich für sein Geld interessiert hatten. Nicht einmal Chloé hatte sich für seine Vergangenheit interessiert und das obwohl sie sich eine Wohnung geteilt hatten. Es war nicht so, dass er sie darum gebeten hatte bei ihm einzuziehen. Sie hatte sich einfach selbst bei ihm eingerichtet und zu Anfang hatte es ihn auch nicht gestört. Er besaß nicht viel, abgesehen von seiner Kleidung und seinen Büchern.

Erst als sie angefangen hatte, ständig teure Dinge auf seinen Namen zu bestellen, war es ihm zu viel geworden. Glücklicherweise hatte Mr. Bell kurz darauf seine Versetzung angefordert. So war ihm eine menge Ärger erspart worden.

»Das hätte ich mir denken können«, gab er zu und überlegte, wie er es am besten erklären konnte, ohne dass sie ihn gleich als verrückt abstempeln würde.

»Ich wurde in einer Stadt im inneren eines Berges geboren, in einer fernen Welt, bedeckt von Schnee und Eis«, blieb er bei der Wahrheit.

Er hatte einer Frau gegenüber nie direkt von Umbria erzählt. Die wenigen Andeutungen, welche er Chloé gegenüber gemacht hatte, hatte diese gekonnt überhört und seine Bücher nur belächelt. Erdenmenschen glaubten selten an andere Welten.

Emma schien offener für diese Dinge zu sein. Das hatte er schnell gespürt. Vielleicht war dies auch der Grund, weshalb er ihr gleich zu Anfang seinen richtigen Namen verraten hatte.

»Eine schöne Geschichte«, kommentierte sie augenrollend, aber ihr Blick war zwiegespalten. Sie war nicht dumm, wollte sich nicht an der Nase herumführen lassen und dennoch machte es den Eindruck, als würde sie seinen Geschichten zu gerne Glauben schenken, es vielleicht sogar herbeisehnen. Das war der Zauber seiner Welt.

»Ich erwarte nicht, dass du mir glaubst und das nehme ich in Kauf, wenn ich dich dafür nicht belügen muss«, nahm er ihr die Entscheidung ab, sich weiter den Kopf darüber zerbrechen zu müssen, ob sie ihm nun glauben wollte oder nicht.

»Na schön. Du behauptest also, du kommst aus einer anderen Welt. Hast du Beweise dafür?«, blieb sie hartnäckig und beugte sich vor, sodass ihm ein kleiner Einblick in ihren Ausschnitt gewährt wurde. Rasch senkte er den Blick.

»Ich fürchte, das ist nicht so einfach. Diese Bücher«, er strich über den Einband des Exemplars, welches sie vorhin betrachtet hatte, »sind das Einzige, was ich von dort mitgebracht habe.« Er hob den Blick und sah ihr direkt in die Augen.

»Spielt es denn eine Rolle, wo ich herkomme?«

»Das kommt ganz drauf an«, wisperte Emma verlegen.

»Worauf?« Sein Herz klopfte aufgeregt.

»Ob du vor hast dorthin zurückzukehren.«

Er konnte nicht verhindern, dass sie sein Schmunzeln bemerkte.

»Was?«, wollte sie herausfordernd wissen und lehnte sich mit verschränkten Armen zurück.

»Man könnte meinen, Sie haben Gefallen an meiner Anwesenheit gefunden«, ärgerte er sie und erntete einen vernichtenden Blick.

»Wer sollte mich sonst an meinem einzigen freien Tag in der Woche davon abhalten, lange zu schlafen und in der Badewanne zu liegen, wenn nicht Sie, Herr Falkner?«, gab sie zurück.

»Wohl wahr.« Er seufzte. »Da ich diesen Ruf ohnehin bei Ihnen habe … erlauben Sie mir wohl, dass ich Sie heute erneut entführe?«

Dieser Argwohn in ihren Augen, dachte er, *gemischt mit Neugierde. Misstrauisch war sie, aber nicht ängstlich.*

»Wir gehen nicht ins Restaurant, oder? Nur weil ich nicht viel Geld habe, heißt das nicht, dass ich ständig auf Essen verzichten müsste«, antwortete sie.

Die Betonung ihrer Worte waren ihm nicht entgangen. Dank Christian Bell hatte er sich nie Gedanken um Geld machen müssen. Wie es jedoch bei ihr war, wusste er nicht. Schließlich kannten sie sich erst seit Kurzem.

○○○ ein paar Wochen zuvor ○○○

---München, Samstag 20. September---

Er öffnete die Tür und trat ins Warme. Es war ein Segen bei dem feuchten, eisigen Wind, welcher ihn zittern ließ. Diese Art von Wetter hatte es auf Umbria nie gegeben.

Laute Musik und ein buntes Treiben empfingen ihn in der kleinen Kneipe. Normalerweise hielt er sich von diesen Spelunken fern, doch er hatte weit und breit keine andere Möglichkeit gesehen, sich für eine halbe Stunde aufzuwärmen, bevor er auf seinen Posten zurück musste.

Es war nicht das erste Mal, dass er einen Spezialauftrag für Christian Bell ausführte.

»*Du bist einer seiner Lieblinge*«, sagte Patrick immer und vermutlich hatte er recht damit.

Nahe der Tür entdeckte er einen freien Tisch. Kilian schob sich an zwei Betrunkenen vorbei, um sich zu setzen.

Jalisa war die dritte Prinzessin in folge, welcher er Schutz auf der Erde bieten sollte. Es war keine allzu schwere Aufgabe. Die Mädchen waren um die sechzehn Jahre alt, ruhig und zurückhaltend.

Sie blieben maximal vier Wochen, bevor sie zurückkehrten.

Es gab nur einen einzigen Grund für ihren Aufenthalt auf der Erde. Es erhöhte ihre Chancen einen wohlhabenden Prinzen auf Umbria zu beeindrucken.

Die Sinnhaftigkeit dieser Methode hinterfragte Kilian gar nicht erst. Viele Königinnen und Könige auf Umbria hatten ihre ganz eigenen verrückten Ansichten und seiner Meinung nach, handelte der König Jadarits absolut Narrenhaft.

»Hey. Was darf es sein, schöner Mann?«

Er hob den Kopf und blickte in das strahlende Gesicht einer blonden Kellnerin. Sie kaute Kaugummi und hielt einen Notizblock in den Händen.

»Gibt es hier irgendetwas Warmes?«, fragte er hoffnungsvoll.

»Ich kann Ihnen eine heiße Suppe bringen«, schlug sie zwinkernd vor.

»Danke, das klingt gut.«

»Sonst noch etwas?«, ließ sie nicht locker. Mit ihren roten Lippen und den langen Beinen war sie sicher sehr beliebt bei den Männern in dieser Bar, aber ihn interessierten diese Dinge nicht.

»Ein Glas Wasser bitte«, gab Kilian zurück.

»Okay«, machte sie schulterzuckend und verschwand. Vermutlich war Wasser das Letzte, was man in einer Bar wie dieser bestellte, doch er hatte sich nie die Mühe gemacht, groß etwas anderes kennenzulernen und er würde sich hüten ausgerechnet hier damit anzufangen.

Es dauerte nicht lange, bis die junge Frau ihm den Teller auf den Tisch stellte. Vorsichtig schob er sich einen vollen Löffel in den Mund. Es schmeckte nicht so übel, wie er befürchtet hatte und außerdem tat die Suppe ihren Dienst und wärmte ihn von innen heraus auf. Nach einer Weile spürte er seine Zehen wieder.

Morgen würde er sich eine Thermoskanne mit Kaffee für die Arbeit bereitstellen. Es war eines der wenigen Getränke, welche er auf der Erde kennengelernt hatte.

»Kann ich noch etwas für Sie tun?« Die Kellnerin war zurück.

»Nein, Danke«, murmelte er und legte einen Geldschein auf

den Tisch, bevor er sich erhob.

An ihrem Gesichtsausdruck merkte er, dass er mehr Trinkgeld gegeben hatte als sie es von anderen Gästen gewohnt war.

»Beehren Sie uns doch bald wieder«, lächelte sie charmant und steckte das Geld ein.

»Hör auf zu flirten, Sandra. Hier wartet Arbeit auf dich. Einer der Gäste hat neben das Klo gekotzt«, rief ein junger Mann vom Tresen herüber und winkte auffordernd mit einem Lappen.

Angewidert verließ Kilian das Gebäude.

---München, Sonntag 21. September---

Kilian ärgerte sich, dass er erneut die heruntergekommene Bar vom Vortag aufsuchen musste, aber wenn er noch länger im strömenden Regen stehen blieb, würde er sich erkälten.

Die einzige Alternative wäre gewesen, seine zweistündige Pause im Auto zu verbringen und dort wäre es mit Sicherheit elendig kalt geworden.

Zwei Stunden, ärgerte er sich erneut.

Prinzessin Jalisa hatte einen dieser wichtigen Termine auf Umbria. Beinahe täglich musste sie für kurze Zeit in ihr Heimatland zurückkehren.

Für das richtige Geld konnte man die Welten im Sekundentakt wechseln. Und Christian Bell war niemand der Geld ablehnte.

Er selbst hätte auf diese Pausen verzichten können, aber er war niemand, der sich beschwerte. Zudem sah es die Behörde nicht gern, wenn man die Vorgaben zum Arbeitsschutz nicht einhielt. Von den Gesetzen der Erde verstand er nur das Nötigste, aber er vertraute Charly und der hatte ihm mehrmals eingeschärft, sich an Pausen zu halten.

Heute war es wesentlich leerer in der Bar, was vermutlich an der Zeit lag. Es war gerade einmal Nachmittag. Er ließ sich auf den gleichen Stuhl fallen, wie am Tag zuvor und musste nicht lange warten, bis die aufgedrehte Blonde an seinem Tisch auftauchte.

»Hey, mein Hübscher, wieder da?«, grüßte sie ihn und ließ eine Kaugummiblase zerplatzen.

»Tja, das Wetter hat sich nicht gebessert«, merkte er an und legte seinen nassen Hut auf den Stuhl neben sich.

»Würden Sie mir wohl einen Teller Suppe bringen?«, fragte er.

»Kommt sofort«, grinste sie.

Ein Poltern vom anderen Ende der Kneipe lenkte seine Aufmerksamkeit auf sich.

»Erst kommst du zu spät und dann trittst du auch noch meinen Eimer um«, hörte er den jungen Mann schimpfen, der ihm bereits gestern negativ aufgefallen war.

»Dann stell deinen blöden Eimer nicht in den Türrahmen«, kam es von irgendwo hinter der Theke zurück. Er konnte das Mädchen nicht sehen, zu dem die Stimme gehörte.

»Wisch einfach den Dreck weg«, grummelte der Mann.

»Sei still Toni, sonst setze ich dir den Eimer auf den Kopf«, hörte er jetzt die blonde Bedienung rufen, bevor sie zu seinem Tisch zurückkehrte und ihm die Suppe überreichte.

»Ist alles in Ordnung?«, vergewisserte Kilian sich mit einem

Kopfnicken in Richtung Tresen. Die Blonde lächelte.

»Toni ist nur beleidigt, weil er wieder einen Korb gekriegt hat. Er ist eigentlich ein Guter und kann einem etwas leid tun.«

»Gestern war er auch nicht sehr höflich«, merkte er an.

»Er ist ein Miesepeter.«

»Wenn er eine von Ihnen belästigt, geben Sie mir einfach Bescheid, dann kümmere ich mich darum«, bot Kilian an. Die Kellnerin sah ihn an, als würde er scherzen.

»Toni? Na klar«, meinte sie und zwinkerte amüsiert.

Stirnrunzelnd widmete Kilian sich seiner Suppe. Heute hatte sie bei weitem weniger Geschmack als am Vortag, außerdem war sie beinahe kalt.

»*Das ist das letzte Mal, dass ich herkomme*«, schwor er sich und blickte zur Bar, um zu überprüfen, ob der Mann Namens Toni noch dort war. Er war fort. An seiner Stelle stand eine junge Frau an der Theke und wischte die Oberfläche.

Sie war klein und zierlich und ihre braunen Locken tanzten wild umher. Irgendetwas an diesem Bild hielt seinen Blick gefangen und er kehrte erst in seinen Körper zurück, als sie sich plötzlich umdrehte und er vor Schreck den Löffel auf seine Hose fallen ließ.

Ein Glück war diese ungenießbare Suppe mittlerweile völlig kalt. Er kam sich leicht dümmlich vor, weil er eine Fremde angestarrt hatte und er traute sich kein weiteres Mal zu ihr hinüber zu sehen. Eilig aß er seinen Teller leer, legte ein großzügiges Trinkgeld auf den Tisch und verließ fluchtartig die Kneipe.

---München, Montag 24. September---

Das Lachen und Kreischen der Kinder hörte man bis auf die Straße des sonst eher ruhigen Wohnviertels.

»Bastian, schön dass du da bist.« Tanja empfing ihn mit einem herzlichen Lächeln und ließ ihn eintreten. Die Tatsache, dass sie ihn mit seinem Decknamen ansprach, ließ ihn darauf schließen, dass einige fremde Gäste anwesend waren.

»Sicher doch. Patrick hat mich eingeladen und ich möchte ungern den Geburtstag eures Sohnes verpassen. Auf der Erde ist es ein wichtiger Tag.«

Er hatte seinen Satz noch nicht ganz beendet, als Jens bereits um die Ecke gerannt kam.

»Onkel Kili, du musst dir meine Geschenke anschauen«, rief der Sechsjährige begeistert und zog an seiner Hand.

»Jens, bitte. Du sollst den Namen nicht sagen und lass ihn erstmal seine Jacke ausziehen. Außerdem hast du doch deine Freunde da zum spielen«, versuchte Tanja ein wenig Ruhe in den Jungen zu bringen.

»Das ist schon in Ordnung«, winkte Kilian ab und folgte Jens ins Wohnzimmer.

Knapp ein Dutzend Kinder sprangem zwischen den Möbeln umher. Erwachsene sah er keine. Sehr gut! Er hatte schon befürchtet, Patrick würde wieder versuchen…

»Bastian!« In diesem Moment betrat sein Freund den Raum. Allein dieses schiefe, selbstzufriedene Lächeln sprach Bände und Kilian ahnte Böses.

»Ich freue mich, dass du da bist. Ich will dich jemandem vorstellen«, sagte Patrick genau die Worte, welche er befürchtet hatte.

»Muss das sein, Pat?«, brummte er.

»Wie viele Verabredungen hattest du, seit der Sache mit Chloé? Fünf oder Sechs?«

»Kann schon sein«, murmelte er.

»Und wie viele der Frauen hast du ein zweites Mal getroffen?«

»Fünf oder sechs«, scherzte Kilian. Patrick warf ihm einen vorwurfsvollen Blick zu. Kilian seufzte.

»Sie interessieren sich nicht für mich, bis sie erfahren, welchen Beruf ich ausübe. Und weißt du, was sie dann zuerst fragen?«

»Da verdienst du bestimmt viel Geld«, sagten sie beide im Chor.

»Ganz richtig«, fügte Kilian hinzu.

»Und deshalb solltest du Karin kennenlernen. Sie interessiert sich nicht für dein Geld. Sie ist die Tochter dieses reichen Autohausbesitzers, welcher vergangenes Jahr verstorben ist und sie ist alleinige Erbin«, offenbarte Patrick stolz. Kilian beließ es bei einem Kopfschütteln. Ihm war klar, dass sein jahrelanger Freund es nur gut mit ihm meinte. Also würde er mitspielen, höflich sein und dieser armen Frau keine falschen Hoffnungen machen.

Patrick folgend, verließ er das Wohnzimmer. Was hätte er dafür gegeben, selbst ein Kind zu sein und sorglos um den Esstisch rennen zu dürfen. Damals war es so viel leichter gewesen, Kontakte zu knüpfen. Kinder wollten Spaß haben und nicht mit dem größten Profit aus der Sache herausgehen.

Dieses *sich beweisen* und abwiegen von guten und schlechten Charaktereigenschaften ging ihm auf die Nerven. Menschen hatten nun einmal Fehler! Doch solange das Vertrauen stimmte und man zusammenhielt, durfte es doch nicht allzu schwierig sein, jemanden zu finden, der zu einem passte.

Patrick öffnete die Tür. Für einen winzigen, wunderbaren Moment glaubte Kilian tatsächlich, die junge Frau aus der Bar stünde in der Küche seines besten Freundes. Doch noch bevor sie sich gänzlich umgedreht hatte, wusste er, dass sie es nicht war. Einzig allein der Farbton ihrer Haare, hatten ihr Bild hervorgerufen.

»Karin, darf ich dir meinen guten Freund Bastian vorstellen? Bastian, das ist Karin.« Patrick lächelte wie ein kleines Kind, dem man zum ersten Mal erlaubt hatte einen Drachen zu streicheln.

Kilian verkniff sich ein Grinsen und reichte der Frau die Hand.

»Sehr erfreut«, sagte er höflich. Sie lächelte nur schüchtern. Ein Glück waren die Frauen hierzulande nicht so aufdringlich, wie die Französinnen. Dafür fehlte den Deutschen meist die Leidenschaft. *Man konnte eben nicht alles haben.*

»Arbeiten Sie ebenfalls in der Druckerei?«, fragte sie. Kilian blickte Patrick, über ihre Schulter hinweg, mit hochgezogenen Brauen an. Entschuldigend hob der die Arme, was Karin glücklicherweise entging.

Sein Freund wusste, dass ihm diese Täuschungen nicht gefielen. Er war niemand, der sich Geschichten ausdachte, um jemanden zu beeindrucken. Lügen mochte er nicht. Nicht einmal für eine Frau, die er nicht wiedersehen würde. Der Erdenname diente dem Schutz Umbrias und war teil seines Lebens, alles andere blieb echt.

»Er ist Schriftsetzer«, antwortete Patrick jetzt an seiner Stelle.

»Ein spannender Beruf«, merkte Karin an. Kilian rieb sich nachdenklich mit einem Finger über die Stirn. Was sollte daran spannend sein, Bücher zu drucken? In seiner Welt wurde jede Geschichte von Hand geschrieben und mit einzigartigen Bildern verziert. Das war etwas besonderes. Auf der Erde waren Buchstaben immer gleich, gerade und perfekt … um genau zu sein langweilig. Aber Erdlinge strebten nun einmal nach Perfektionismus und ständiger Verbesserung.

»Woher kennen Sie und Patrick sich?«, wechselte Kilian das Thema. Immerhin war dies hier eine Geburtstagsfeier für einen Sechsjährigen und kein Treffen für alleinstehende Seelen. Er war nicht erpicht darauf, sich mit ihr zu verabreden.

»Wir sind seit ein paar Wochen Nachbarn. Ich passe gelegentlich auf Jens auf, wenn Patrick und Tanja ausgehen.«

Kilian entging nicht, wie sein Freund die Küche verließ, um ihnen mehr Privatsphäre zu gönnen. Innerlich seufzte er. Das Gespräch langweilte ihn schon jetzt.

»Jens ist so ein lieber Junge«, sagte Karin. Exakt in diesem Moment flog die Tür auf. Eine Horde Kinder stürmte herein und rettete ihn. An der Spitze das Geburtstagskind.

»Onkel Basti, komm mit. Es gibt jetzt Kuchen«, rief er ausgelassen und hängte sich an Kilians Arm.

»Sie entschuldigen«, wandte er sich an Karin, dankbar dafür, dass der Junge ihn in Beschlag nahm. Sie wirkte ein wenig enttäuscht, fing sich aber schnell wieder.

»Am 04. November haben wir eine große Neueröffnung am Autohaus. Kommen Sie doch vorbei, dann können wir uns in Ruhe unterhalten«, schlug sie ihm vor, während Jens ihn bereits aus der Küche zog.

»Gerne«, versicherte Kilian, nicht ganz ehrlich und nahm sich vor, diese Eröffnung versehentlich zu verpassen.

Im Flur zupfte Jens an seinem Ärmel. Kilian ging in die Hocke.

»Du solltest sie nicht treffen, Kili«, wisperte der Kleine verschwörerisch.

»Ach ja? Wieso nicht?«, fragte Kilian mit gespieltem Entsetzen und verkniff sich ein Grinsen. Patricks Sohn war ein liebenswertes Kind. Er mochte ihn wirklich gern.

»Sie passt nicht zu dir, Kili. Sie ist zu langweilig, außerdem ist sie gar nicht so hübsch. Du könntest eine Bessere haben.«

»Dann bist du sowas wie ein Experte?«, erkundigte Kilian sich amüsiert. Der Junge nickte selbstbewusst.

»Wenn du ein Mädchen findest, musst du es mir nur vorstellen und ich sage dir, ob sie die Richtige ist.«

»Abgemacht. Wenn ich jemanden kennenlerne, stelle ich sie dir vor.«

Die nächsten zwei Stunden wich der Junge ihm nicht mehr von der Seite und es tat ihm leid, dass er sich gegen Nachmittag verabschieden musste, aber die Arbeit hatte nun einmal Priorität.

Kapitel 3

„Pläne ändern sich“

Er parkte den Wagen in der Einfahrt vor Patricks Haus.

»Du stellst mich jetzt aber nicht deinen Eltern vor oder?«, fragte Emma argwöhnisch. Er hatte sich einen Spaß daraus gemacht, ihr das Ziel nicht zu verraten. Zudem hatte er sich ein wenig vor ihrer Reaktion gefürchtet. Vielleicht wollte sie seine Freunde gar nicht kennenlernen. Immerhin war das zwischen ihnen eine zwanglose Sache, mehr oder weniger.

Sie war ein Mysterium. Einerseits sollte er nicht fortgehen und zugleich lehnte sie eine Beziehung ab.

»Mein Freund Patrick wohnt hier mit seiner Familie. Ich bin zum Essen eingeladen«, erklärte er knapp.

»Und was tue ich dann hier?«, fragte sie.

»Mir den Rücken freihalten«, grinste er und stieg aus dem Auto. Sie folgte ihm, ehe er die Chance bekam, die Beifahrertür zu öffnen.

»Wie soll ich das verstehen? Sie wissen gar nicht, dass du jemanden mitbringst?«

»Tanja kocht immer viel zu viel, außerdem warnt er mich auch nie vor, wenn er fremde Frauen einlädt«, gab er zurück. Hoffentlich hatte er heute darauf verzichtet. Ein schlechtes Gewissen überkam ihn. Wieso hatte er Patrick nichts erzählt? Wie würde Emma sich fühlen, wenn plötzlich eine weitere Frau am Tisch sitzen würde, im Glauben eine Chance bei ihm zu haben.

Zu seiner Verwunderung kicherte sie.

»Ich bin gespannt diese Frauen kennenzulernen. Sind sie hübsch?«

Verwirrt kratzte er sich am Kinn.

»Ich … ähm«, machte er nur.

»Wenn sie hübscher sind, fürchte ich, dass ich *schlecht konkurrieren kann.*« Sie betonte diese Worte extra deutlich und verkniff sich ein Grinsen. Ihre Anspielung war gerechtfertigt, nachdem er ihr vorgeworfen hatte, mehrere Männer parallel zu treffen.

»Zumindest sind sie nicht so vorlaut«, gab er zurück und klingelte. Völlig unerwartet kniff sie ihn in die Seite.

»Ich bin nicht vorlaut«, zischte sie. Dann öffnete sich die Tür.

»Ki…bastian«, empfing Patrick ihn und musterte Emma neugierig.

»Hallo, Pat. Darf ich dir Emma vorstellen? Sie begleitet mich«, antwortete er förmlich.

»Sei gegrüßt, Emma.« Er hielt ihr die Hand hin.

»Was verschafft uns denn diese Ehre?«, wandte er sich an Kilian. Der jedoch bekam gar nicht erst die Gelegenheit zu antworten.

»Ich glaube, ich bin hier, um andere Frauen zu verschrecken«, meinte Emma und zuckte mit den Schultern. Dabei machte sie ein todernstes Gesicht.

»Onkel Kili«, hörte er Jens freudigen Ruf, noch bevor er den Jungen zu Gesicht bekam.

»Jens ich hatte dir doch gesagt, du sollst nicht …«, erklang Tanjas Stimme von irgendwo.

»Kommt herein«, versuchte Patrick die Lage zu retten, immerhin wusste er nicht, dass Emma seinen richtigen Namen längst kannte.

Kilian überließ ihr den Vortritt. Sie streifte sich die Schuhe von den Füßen, bevor sie hineinging. Er selbst ließ seine an.

»Wirklich schön haben Sie es hier«, merkte Emma höflich an und sah sich in dem geräumigen Flur um.

»Wer bist du?« Jens stand plötzlich im Türrahmen und betrachtete sie neugierig.

»Ich bin Emma und wie heißt du?«, fragte sie ihn lächelnd.

»Jens. Ich bin schon sechs Jahre alt und Mama hat mir erlaubt so lange wach zu bleiben, bis Basti da ist«, erzählte er stolz. »Weißt du, ich darf seinen echten Namen nicht benutzen, wenn jemand Fremdes im Haus ist«, flüsterte er verschwörerisch. Emma kicherte.

»Da hast du aber Glück. Ich bin nämlich keine Fremde für Kilian«, gab sie leise zurück. Jens beäugte sie einen Moment nachdenklich, bevor er zu Kilian herübereilte.

»Ist sie deine Freundin?«, wollte er wissen. Seine Stimme war deutlich zu verstehen, obwohl er noch immer flüsterte.

»Eine interessante Frage. Wie findest du sie denn?«, fragte Kilian und ging in die Hocke. Jens spähte vorsichtig zu Emma herüber, die soeben von Tanja begrüßt wurde.

»Ich finde sie hübsch und langweilig sieht sie auch nicht aus«, analysierte der Junge. Kilian grinste.

»Da gebe ich dir vollkommen recht. Ich glaube sogar, sie ist ein bisschen verrückt«, wisperte er.

»Das ist gut. Papa sagt immer, irgendwann kommt eine Frau vorbei, die verrückt genug ist, es mit dir auszuhalten«, sprach Jens die Worte, die so deutlich nach Patrick klangen, dass Kilian den passenden Blick seines Freundes vor seinem inneren Auge sehen konnte.

»Es wird Zeit, Jens. Ab ins Bett. Deine Schwester schläft längst«, mischte Tanja sich ein und schob den Jungen Richtung Treppe.

»Die ist ja auch ein Baby«, erwiderte er, als hätte seine Mutter es vergessen.

Auf der Treppe drehte er sich nochmal um.

»Gute Nacht, Emma«, rief er strahlend und winkte. Sie winkte zurück.

»Kommt, setzt euch«, forderte Patrick sie beide auf ihm zu folgen.

Im Wohnzimmer brannte ein Kaminfeuer. Eine der wenigen Sachen, der Patrick treu geblieben war. Tanja kam von der Erde und er hatte sich hier soweit integriert, dass er sogar seinen Seelennamen abgelegt hatte.

Kilian käme nie auf diese Idee. Bastian Falkner war okay, wenn es um die Arbeit ging, aber es war kein Name, mit welchem er sich identifizierte.

Sie zeigten ihre Verbundenheit zu Umbria auf ganz unterschiedliche Weise. Während Kilian die einfache Lebensweise weitestgehend beibehalten hatte, machte Patrick zweimal im Jahr Urlaub, um gemeinsam mit Tanja und den Kindern seine Familie auf Umbria zu besuchen.

»Wie geht es dir?«, fragte Patrick. Er tat es nicht auf diese Weise, wie es die Höflichkeit voraussetzt, um ein Gespräch zu beginnen. Seine Augen durchleuchten ihn.

»Bestens«, gab Kilian knapp zurück. Er wusste genau, worauf sein Freund anspielte. Jaron war vor genau einem Jahr verstorben. Sie hatten nie wirklich darüber gesprochen und wenn Kilian ehrlich war, hatte er kaum an seinen Vater gedacht.

»Mr. Bell hat mich heute früh angerufen«, erzählte Patrick.

»Ging es um Frankreich?«, stellte er sich unwissend. Ihr letzter Auftrag war nicht ganz so verlaufen, wie erwartet.

Sein Gegenüber schüttelte den Kopf.

»Er wollte wissen, wie du zu der Sache mit Jaron stehst.«

»Wieso hat er mich nicht direkt kontaktiert?«, fragte Kilian. Sonst hatte sein Arbeitgeber auch kein Problem damit.

»Vielleicht, weil du kein Telefon besitzt«, gab Patrick zurück.

»Seine Möglichkeiten sind weitaus größer. Er hätte auch Charly anrufen können.«

»Bell weiß, dass wir beide uns näher stehen.«

»Er kennt mich. Er weiß, wie ich dazu stehe«, murmelte Kilian. Patrick seufzte.

»Du weißt doch wie er ist, ständig bemüht. Außerdem bist du einer seiner Lieblinge. Er hat wieder einen Spezialfall für dich.«

»Noch eine Prinzessin?«, erkundigte Kilian sich amüsiert. Patrick schüttelte den Kopf.

»Sprecht ihr schon wieder nur über die Arbeit«, unterbrach Tanja sie, während sie den Raum betrat. »Die arme Emma sitzt daneben und langweilt sich.«

»Nein, ganz und gar nicht«, warf diese rasch ein und hob abwehrend die Hände.

»Entschuldigung, du hast recht.« Patrick wandte sich Emma zu.

»Erzählen Sie etwas über sich, Emma. Wie haben sie sich kennengelernt.«

»Oh, da gibt es nicht viel zu erzählen. Ich bin nur eine kleine Kellnerin. Und weil das Essen in der Bar nicht empfehlenswert ist, meinte Kilian, ich sei es ihm schuldig, ihn ins Restaurant zu begleiten«, berichtete sie schulterzuckend, mit einem kleinen Lächeln.

»Sollte er Sie weiter belästigen, geben Sie mir Bescheid. Ich habe einen guten Anwalt«, scherzte Patrick.

»Glaube mir, sie kann sich ganz gut selber wehren«, entschied Kilian. »Aber die Nummer von deinem Anwalt könntest du mir trotzdem geben.« Die Sache mit Jillian hatte er nicht vergessen. Er würde sein Versprechen halten und alles mögliche ausprobieren, damit Emma ihre Tochter wieder bekam.

»Bleib sitzen. Ich mach das schon«, hielt Tanja Emma zurück, als diese ebenfalls aufstand, um ihren Teller in die Küche zu bringen.

»Ich helfe gerne«, ließ sie sich nicht beirren und folgte Tanja.

Patrick öffnete die Terrassentür und steckte sich eine Zigarette an. Schweigend betrachtete er Kilian und blies den Rauch in die kalte Nacht.

»Leg schon los«, forderte Kilian ihn auf. Schon während des Essens hatte er die Fragen förmlich gespürt.

»Ich weiß gar nicht, wo ich anfangen soll. Wie viele Jahre sind wir jetzt befreundet? Zwanzig? Du überraschst mich immer wieder.«

»Du wolltest doch, dass ich ausgehe«, meinte Kilian achselzuckend.

»Sicher, aber seit wann hörst du auf mich?«, wollte er wissen und lachte. »Wie lange bist du schon mit ihr zusammen?«

»Wir sind nicht zusammen. Das hier ist nichts Ernstes«, erklärte Kilian.

»Wem willst du das weiß machen? Sie kennt deinen Seelennamen«, wies Patrick ihn auf das Offensichtliche hin.

»Und?«

»Du hast noch nie einer Frau deinen echten Namen verraten.«

Ich bin auch noch nie einer Frau wie ihr begegnet, dachte er im Stillen.

»Sie möchte keine Beziehung«, erklärte er.

»Und das glaubst du?« Ungläubig schüttelte Patrick den Kopf.

»Ich respektiere es«, entgegnete Kilian, denn genau so war es. Er war bereit auf ihren Wunsch einzugehen, wenn er dafür Zeit mit ihr verbringen durfte.

Patrick hob die Augenbrauen.

»Wir haben darüber gesprochen«, versicherte Kilian. Sie hatte es mehr als einmal angedeutet und direkt zu Beginn klar formuliert. Er war sich ja selbst nicht sicher, was er vom Leben erwartete. Für den Moment wollte er nur eines und das war Emma.

»Auf mich wirkt es nicht so, als wäre es belanglos. Ich habe dich in genug Beziehungen erlebt, Kilian.«

»Wir sind nicht zusammen«, warf er ein, aber Patrick sprach einfach weiter.

»Du warst immer schon sehr aufmerksam, aber dieses Mal bist du mit dem Herzen dabei. Ich kann natürlich keine Gedanken lesen und ich kenne sie auch nicht, aber von außen betrachtet, verhält sie sich nicht wie jemand, der Männer nur zum Zeitvertreib trifft.« Patrick machte eine Pause, in welcher er einen besonders langen Zug von der Zigarette nahm.

»Sie ist anders, als die Frauen, welche ich bisher kennenlernen durfte«, merkte er etwas leiser an.

»Wenn dich etwas an ihr stört, sag es nur. Ich komme damit zurecht.«

»Das wollte ich damit nicht sagen, Kilian. Normalerweise

sind deine Begleiterinnen … wie sage ich es …«

»Selbstverliebt? An meinem Geld interessiert? Eingebildet?«, versuchte Kilian es.

»Von sich überzeugt«, warf Patrick rasch ein.

»Du willst also sagen, Emma sei nicht selbstbewusst genug?«

»Ich will sagen, dass du ein Narr bist, wenn du nicht an ihr festhälst. Ich rate es dir nicht, weil ich davon überzeugt bin, dass du endlich heiraten solltest, sondern weil ich denke, dass sie dir gut tut. Ich habe dich heute Abend öfter lächeln gesehen, als das gesamte vergangene Jahr.«

»Das mag sein, aber ich kann sie nicht zu einer Beziehung zwingen«, verdeutlichte Kilian seinen Standpunkt.

»Nein, aber du kannst dich bemühen, nicht so schnell aufzugeben.« Patrick drückte den glimmenden Stummel aus und setzte sich zurück an den Tisch. Die Tür hatte er aufgelassen.

»Solange es mir sinnvoll erscheint, werde ich dranbleiben«, versicherte Kilian.

»Ich nehme dich beim Wort.«

Kilian nickte knapp. Wenn es um Versprechen ging, war sein bester Freund sehr genau.

»Noch etwas?«, hakte er nach.

»Ich würde mich für dich freuen, wenn es mit ihr klappt, Kilian. Du brauchst jemanden an deiner Seite«, entschied Patrick.

»Ich habe doch dich und Tanja und vergiss Charly nicht. Ich werde schon nicht einsam sterben«, scherzte Kilian.

»Ich spreche von jemandem, der deine Seele berührt und dein Herz aufnimmt«, blieb Patrick weiterhin ernst.

○○○Am Tag zuvor ○○○

---Sonntag, 4. November---

Er war nicht sonderlich erpicht auf die Eröffnungsfeier. Er würde unweigerlich auf Karin treffen, welche davon ausgehen könnte, er sei ihretwegen gekommen.

Wieso hatte Christian Bell sich ausgerechnet dieses Autohaus ausgesucht.

»*Bei solchen Eröffnungsfeiern gibt es gute Angebote*«, hatte Patrick ihm erklärt.

»Hey, Kil«, empfing Gideon ihn.

»Bastian, bitte«, gab er ohne ein Wort der Begrüßung zurück. Gideon lachte, was ein wirklich schräges Bild abgab, immerhin war sein Gegenüber ein Schrank von einem Mann.

»Fängst du auch schon an wie Pat und leugnest deinen Seelennamen?«

»Nein, aber wir sind hier in der Öffentlichkeit und Mr. Bell schätzt es nicht, wenn wir frei über unsere Herkunft sprechen.«

»Ach, Kil. Lass den alten Herrn reden. Er ist ganz schön weich geworden, seit er verheiratet ist.«

Anfangs hatte Kilian nicht verstanden, wie ein überlegt handelnder und einflussreicher Mann - wie Christian Bell es war - so viel Vertrauen in einen korrupten Fiesling wie Gideon stecken konnte. Erst die Arbeit hatte es ihm deutlich gemacht. Die Leute hatten Angst vor dem Schrankmann mit den teuren

Anzügen, der zudem immer mindestens zwei Leibwächter an seiner Seite hatte. Nicht, dass er so etwas gebraucht hätte, bei den Oberarmen.

Wenn Gideon etwas wollte, bekam er es auch und zwar meistens zu einem günstigeren Preis. Ganz gleich wie sehr sich seine Verhandlungspartner bemühten.

»Ich hörte, eine Frau leitet diese Firma jetzt.« Gideon deutete auf den Eingang zum Autohaus. Rosane und weiße Ballons zierten die Fassade.

»Kann schon sein«, brummte Kilian. Wenn Gideon erst einmal anfangen würde zu verhandeln, würde Karin schneller untergehen, als ihr lieb war. Hoffentlich stellte sie sich selbstbewusster an, als bei seinem Gespräch mit ihr.

»Was ist los Kil? Schlecht geschlafen oder hast du Probleme mit einer Frau? So schweigsam bist du doch sonst nicht«, lachte Gideon.

»Können wir jetzt hineingehen?«, fragte er nur und hielt seinen Kollegen die Tür auf.

»Lasst uns anfangen Männer. Der gute Kil will zurück zu seinem Mädchen.«

Drinnen herrschte reger Betrieb. Aus beinahe jeder gesellschaftlichen Schicht waren Personen anwesend.

Es gibt ja auch gratis Häppchen, stellte er fest und sofort kam ihm wieder Emma in den Sinn, welche sich darüber bestimmt gefreut hätte.

»Kil, du bleibst in Türnähe und informierst mich, falls einer der Kelebs hier auftauchen sollte«, bestimmte Gideon. Er nickte nur. Vielleicht würde ihm so ein Zusammentreffen mit Karin erspart.

Die Kelebs, wie Bell sie getauft hatte, waren eine Gruppe Männer aus Umbria, die ihnen seit einer Weile Ärger machten.

Auch in dieser Familie gab es einige Menschen, welche die Fähigkeit besaßen zwischen den Welten umherzuwandern. Im Gegensatz zu den Bells jedoch, nutzten sie diese Gabe um Verbrechen zu begehen. Überfälle, Raubzüge und selbst Entführungen lagen bei ihnen an der Tagesordnung. Auf diese Art von Zusammentreffen konnte er noch viel mehr verzichten, als auf die mögliche Begegnung mit Karin.

Kaum war ihm dieser Gedanke gekommen, stand sie plötzlich vor ihm.

»Guten Tag, Bastian«, grüßte sie.

»Ähm«, machte er und überlegte fieberhaft, wie er aus dieser Situation entkommen konnte.

»Bastian war doch richtig, oder?«, fragte Karin verunsichert. Wie kam sie auf die Idee, Geschäftsführerin sei ein geeigneter Beruf für sie.

»Ja, das stimmt«, sagte er nur knapp und beobachtete weiterhin den Eingang.

»Ich freue mich sehr, dass Sie gekommen sind. Dabei ist dieser Ort nicht gerade ein geeigneter Treffpunkt für eine Verabredung.« Sie lächelte.

»Ich …« Er zögerte. Er hatte nicht angenommen, dass sie es direkt als Verabredung ansehen würde.

»Oh«, machte sie. »Das ist jetzt aber peinlich. Ich dachte, sie seien meinetwegen hergekommen.«

»Um bei der Wahrheit zu bleiben, ich arbeite gerade.«

»Ich dachte, sie seien in der Druckerei angestellt, so wie Patrick.«

»Um ehrlich zu sein, arbeite ich heute ausschließlich für Mr. Gideon«, er wies in die Richtung seines Kollegen.

Er war leicht auszumachen in der Masse, da jeder darauf bedacht war, möglichst viel Abstand zu ihm zu halten. Er konnte wirklich angsteinflößend sein.

»Sie arbeiten für diesen Kerl? Dann verstehe ich natürlich, dass Sie sich unter keinen Umständen ablenken lassen wollen. Vielleicht hätten sie Lust, im Anschluss an diese Feier noch eine Kleinigkeit Essen zu gehen?« Dafür, dass sie so unsicher wirkte, war sie ziemlich hartnäckig.

»Bitte verstehen Sie mich nicht falsch, Karin …«

»Lassen Sie mich raten. Es gibt da jemanden, den sie sehr mögen, nicht wahr?«, unterbrach sie ihn.

Er nickte.

---Wieder der 5. November---

Natürlich hatte Tanja Nachtisch vorbereitet. Sie liebte es zu Kochen und zu Backen.

In den vergangenen Jahren hatte sie eine beachtliche Menge an Rezepten aus Umbria gesammelt. Patrick hatte ihm einst erzählt, wie seine Frau Stunden damit verbrachte, alles von seiner Mutter zu lernen, was diese über die Speisen wusste, welche auf dem Eisplaneten ganz alltäglich waren.

Der Kuchen, den sie heute serviert hatte, gehörte zu Kilians liebsten Süßspeisen. Dennoch fiel es ihm schwer dieses Essen zu genießen. Patricks Worte hallten in seinem Kopf nach. Zudem lenkte Emma ihn ab, die immer mal wieder versehentlich mit ihren Füßen an sein Bein stieß.

Erst als sie beiläufig die Zehen ein Stück unter sein Hosenbein schob war er sich sicher, dass sie diese leichten Berührungen ganz bewusst einsetzte.

»Bei uns gibt es ebenfalls Neuigkeiten. Wir haben uns vier Wochen Sonderurlaub eintragen lassen«, erhob Patrick irgendwann das Wort, nachdem sie eine ganze Weile schweigend gegessen hatten.

»Vier Wochen? Willst du zurückgehen?«, fragte Kilian, bemüht seine Anspannung nicht nach außen dringen zu lassen. Mittlerweile strich Emma unentwegt über die Haut an seinem rechten Unterschenkel, während sie sich genüsslich kleine Bissen von dem süßen Gebäck in den Mund schob und tat, als wäre sie ganz ins Essen versunken.

Patrick schüttelte den Kopf.

»Zumindest noch nicht. Meine jüngste Schwester wird heiraten. Außerdem dachten wir, es wäre gut für Jens, auch mal meine Heimat kennenzulernen. Meine Mutter sehnt sich nach ihren Enkeln. Die fünf Tage, zweimal im Jahr, welche wir sie sonst besuchen, sind einfach zu wenig.

Nach der Sache in Frankreich brauche ich eine Pause und zudem überlegen wir, ob wir nicht noch ein drittes Kind bekommen möchten.«

Bei diesen Worten hielt Emma in ihren Bewegungen inne. Sogleich sehnte er sich danach, dass sie ihn von neuem berühren würde.

Stattdessen bemühte er sich das Gehörte zu verarbeiten.

Patrick und Tanja hatten bereits bei den letzten beiden Schwangerschaften darauf geachtet gewisse Regeln zu befolgen. Für den Fall, dass sie jemals den Wunsch verspüren würden, dauerhaft nach Umbria zu gehen, war es wichtig, dass die Kinder einen Seelenstein erhielten und dafür musste man nun einmal gewisse Voraussetzungen erfüllen.

»Ich muss hoffentlich nicht wieder mit Firon zusammenarbeiten, oder?«, fiel Kilian plötzlich ein.

Augenblicklich widmete Emma sich wieder ihrem Stück Kuchen und seinem Bein. Diesmal jedoch setzte sie deutlich weiter oben an, indem sie seine Knie leicht auseinander schob. Er räusperte sich, um seine Überraschung zu verbergen.

»Nur im äußersten Notfall. Christian Bell hat mir sein Wort gegeben. Er sagte sogar, falls du einen Partner willst, würde er dir Piroz schicken.«

Es kostete Kilian all seine Konzentration, Patricks Worte weiterhin zu begreifen, da Emmas Streicheleinheiten sich immer weiter Richtung Leistengegend bewegten. Der Platz in seiner Hose wurde langsam enger. Unauffällig rutschte er auf seinem Stuhl nach links und rechts, um sich zu sortieren.

»Er schickt seinen persönlichen Assistenten?«, fragte Tanja überrascht. Weder sie noch Patrick schienen zu bemerken, wie er immer nervöser wurde. Auch Emma machte nach wie vor einen entspannten Eindruck.

»Er ist mehr sein Leibwächter«, murmelte Kilian und trank einen großen Schluck Wasser. Vielleicht brachte ihn das zur Besinnung.

»Ja, aber nur, weil Kilian diesen Job nicht wollte.«

»Das habt ihr mir nie erzählt. Bist du verrückt, so ein Angebot abzulehnen? Ich hätte Patrick den Kopf abgerissen, wenn er das getan hätte.«

»Dahingehend musst du dir keine Sorgen machen. Solch einen Posten würde Bell mir niemals anbieten. Ich kann froh sein, dass er sich meinen Namen merken kann.«

Kilian nutzte die Gelegenheit, dass Pat und Tanja sich kurzzeitig in einer Diskussion verfangen hatten, um Emmas verirrten Fuß einzufangen und aus dieser empfindlichen Zone zu entfernen. Ihre Zehen waren angenehm warm in seiner Hand. Doch ganz gleich wie sehr er ihre Zärtlichkeit auch genoss, wenn sie so weiter machte, würde er den Gesprächsfaden endgültig verlieren.

Er war sich nicht einmal mehr sicher, worüber sie zuletzt gesprochen hatten. Emma schien seine Ahnungslosigkeit zu bemerken und verspürte wohl etwas Mitleid mit ihm. Sie entzog ihm ihren Fuß und richtete sich auf.

»Es ist recht spät und ich fürchte, dass ich morgen früh arbeiten muss«, meldete sie sich zu Wort.

Es war tatsächlich beinahe dreiundzwanzig Uhr. Es passierte häufig, dass sie die Zeit vergaßen, wenn er mit Patrick und Tanja zusammensaß.

In diesem Moment war er alles andere als müde, aber morgen würde er es bestimmt sein.

»Oja, natürlich.« Tanja war aufgesprungen. »Mein Zeitgefühl ist völlig durcheinander, seitdem das Baby da ist und dabei wird sie schon bald ein Jahr alt. Kaum zu glauben, dabei kommt es mir so vor …«

»Tanja«, unterbrach Pat seine Frau, bevor die sich in ihren Gedanken verfing.

Die Verabschiedung lief reibungslos und die frische Luft auf dem Weg zu seinem Auto schärfte Kilians Sinne. Sobald sie jedoch im Wagen saßen, war diese knisternde Spannung zurück, welche Emma in der letzten halben Stunde bei ihm aufgebaut hatte. Liebend gern würde er sie genau jetzt küssen, aber er wusste, dass es ihm nicht reichen würde. Er wollte sie fühlen, riechen und schmecken. Ihr das Kleid von den Schultern streifen und mit den Händen über ihre nackte Haut fahren.

»Und wohin geht es jetzt?«, fragte sie mit feurigem Blick, als könnte sie seine Gedanken lesen.

»Deine Wohnung liegt näher dran«, entschied er und startete den Motor.

»Die Fünf Minuten«, meinte sie und zupfte an einer ihrer Locken herum. »Seit wann so ungeduldig, Herr Falkner?«

»Hmm.« Krampfhaft hielt er sich am Lenkrad fest und zwang sich loszufahren. Er sollte sich jetzt auf die Straße konzentrieren, bevor er noch einen Unfall baute. Im Augenwinkel bemerkte er, wie sie ihn beobachtete.

»Sieh mich nicht so an, Emma«, knurrte er.

»Wieso?«

»Weil ich sonst hier im Wagen über dich herfalle.«

Er hörte sie leise Kichern.

»Was spricht dagegen?«, wisperte sie fragend. Sie forderte ihn also heraus, wollte wissen wie er reagierte, ihm die Kontrolle seiner Selbstbeherrschung nehmen.

Wenn das so ist, dachte Kilian grimmig. Sein Kampfgeist war geweckt. Sie würde schon merken, dass er sie beim Wort nahm.

Er bog in eine unbefestigte Seitenstraße ab und parkte das Auto, wobei er etwas unsanft bremste. Wieder dieses leise Lachen ihrerseits.

Er wandte sich ihr zu und spürte erneut diesen Wunsch sie zu küssen.

»Ich könnte versuchen, mich auf deinen Schoß zu setzen. Allerdings sieht das etwas eng aus«, merkte sie an, während sie anfing ihr Kleid zu öffnen. Einen Atemzug lang starrte er sie nur an. Sie meinte es tatsächlich ernst. Diese leicht verrückte Art von ihr brachte sein ganzes Weltbild ins Wanken.

»Was?« Mehr brachte er nicht hervor.

Sie hielt in ihrer Bewegung inne, beugte sich über den Schaltknüppel zu ihm herüber und berührte seine Wange.

»Du willst es doch auch«, hauchte sie ihm entgegen. Ihr warmer Atem löste eine Gänsehaut bei ihm aus. »Deswegen hast du angehalten, nicht wahr?«

Emma schloss die Augen, bevor sie ihn küsste. So sacht, dass sie ihn kaum berührte.

»Vielleicht die Rückbank?«, schlug er vor, sobald sie sich von seinen Lippen löste. Sie warf einen Blick nach hinten.

»Auch nicht besser. Wie wäre es mit dem Kofferraum?« Sie wartete seine Antwort gar nicht erst ab. Flink wie eine Katze, stieg sie aus dem Wagen und lief nach hinten. Er fummelte etwas unbeholfen an seinem Gurt herum, bis der endlich mit einem Klick aufsprang.

»Weißt du eigentlich, dass du absolut verrückt bist?«, fragte er und öffnete die Klappe. Besonders groß war der Kofferraum nicht.

»Wer von uns hat mitten im Nirgendwo angehalten? Ich bin unschuldig«, wisperte sie dicht an seinem Ohr, bevor sie sich setzte. Ihre Jacke hatte sie auf dem Sitz zurückgelassen und das leicht geöffnete Kleid präsentierte ihre nackte Schulter. Er streckte den Arm aus. Der Stoff war weich unter seinen Fingerspitzen. Kilian glitt mit der Hand darunter und traf auf die Spitze ihrer Wäsche.

»Du zwingst mich zu diesen Dingen, Emma«, raunte er, beugte sich hinab und verschloss ihre Lippen mit seinen. Ihre Finger glitten unter seinem Jackett hindurch zu seinem Rücken, streichelten seine Haut durch das Hemd hindurch und legten sich auf seine Schulterblätter. Die dünne Seide störte die Empfindung kaum.

Emma zitterte in der Kälte und er zog sie dicht in seine

Arme. Sie verschmolzen nahezu zu einer Person. Begierig nahm er die Wärme ihrer Küsse auf und tastete sich mit seiner Zunge in ihren Mund vor.

Sie hätte sich gar nicht die Mühe machen müssen, ihn zu verführen. Allein diese unbekannte und verbotene Situation erregte ihn. Hier draußen war es still und die Wahrscheinlichkeit, dass jemand sie zu dieser späten Stunde überraschte lag bei null. Allein der Gedanke, dass jemand ihre Umrisse, von einem der weit entfernten Fenster aus, sehen konnte, beschleunigte seine Erregung.

Nicht, dass es nötig gewesen wäre.

Emmas Finger streichelten über die Beule in seiner Hose. Er fragte sich noch, wann sie dort gelandet waren, als sie bereits den obersten Knopf durch das kleine Loch fädelte.

Kilian musste sich zusammenreißen, damit dieses verwegene Spiel nicht zu rasch enden würde. Mit den Händen suchte er Halt an der Kofferraumklappe dicht über seinem Kopf.

Schmerzlich langsam öffnete sie den Reißverschluss, zog ihre Hände zurück und küsste ihn erneut. Die Dunkelheit um sie herum schien sich zu drehen.

Emma fuhr unerwartet mit einer Hand in seine Unterhose. Ihre eiskalten Finger umschlossen seinen Schaft und seine Hoden machten Anstalten sich nach innen zu ziehen. Als sie sich von seinen Lippen löste, konnte er nicht verhindern, dass ihm ein Keuchen entwich. Sie gab ihm keine Zeit selbst in Aktion zu treten. Eilig zog sie die Hose über seine Hüften und umschloss seine Eichel mit den Lippen. Die Hitze in ihrem Mund war ein extremer Kontrast zu ihren eisigen Händen und wenn sie so weiter machte, würde er kommen, noch bevor er einen Millimeter ihrer Haut erkundet hatte.

Er umklammerte die Klappe des Kofferraums - dicht über seinem Kopf - und schloss die Augen, um das elektrisierende Gefühl ihrer sanften Saugbewegung noch einmal zu genießen, bevor er sich ihr entzog.

Die frostige Nachtluft klärte seinen Verstand und holte ihn ein Stück weit von dieser Welle, auf der er ritt.

»Was?«, fragte sie leise. Er antwortete, indem er sie küsste. Ihre Lippen schmeckten nach seiner eigenen Lust.

Mit ihrer Unterstützung befreite er sie von ihrem Höschen, steckte es in seine Anzugtasche und hob sie leicht an, um in sie eindringen zu können. Das war gar nicht so einfach, weil er unglaublich weit in die Knie gehen musste. Obwohl sie kaum etwas wog, gelang es ihm nicht, die richtige Position zu finden.

»Ich hatte es mir einfacher vorgestellt«, sprach sie es aus und stellte sich zurück auf die Füße »… und weniger kalt.« Fröstelnd schlang sie die Arme um den Körper.

»Ich gebe dir recht. Fahren wir zu dir«, entschied er und zog sich die Hose hoch. Anschließend legte er ihr seine Jacke um die Schulter.

»Ich danke dir trotzdem für dieses einmalige Erlebnis«, flüsterte er und küsste sie, bevor sie ins Auto huschte.

Er strich sich durch die Haare. Mittlerweile fror er selbst so sehr, dass er sich nichts lieber wünschte, als einen brennenden Kamin und ein heißes Getränk.

»Ich mag den Sommer nicht besonders, aber heute habe ich ihn mir gewünscht«, grinste Emma, sobald auch er in den Wagen gestiegen war.

»Ich weiß nicht, ob ich noch mehr Hitze mit dir ertragen könnte«, scherzte er und verließ die kleine Straße Richtung Stadt. Bis zu Emmas Wohnung waren es noch zehn Minuten. Wie sollte er das aushalten?

Noch immer spürte er die Berührung ihrer Lippen auf seinem Penis, als hätte sie sich nicht von ihm gelöst. Das Blut pulsierte durch seine Adern und ließ ihn wieder härter werden.

Er musste diesen Druck loswerden und zwar bald.

»Ich mag deine Freunde«, sagte sie an der nächsten Abbiegung. Eine willkommene Ablenkung für seine Gedanken.

»Dann hast du dich nicht gelangweilt?«, erkundigte er sich. Immerhin redete Patrick äußerst gerne über die Arbeit.

»Ich wusste mich zu beschäftigen«, grinste sie verschmitzt und wischte seine Konzentration fort.

Ein sanfter Druck verriet ihm, dass sie eine Hand auf seinem Oberschenkel platziert hatte. Er spürte ihre Wärme durch den Stoff seiner Hose und ein Kribbeln fuhr ihm über die Haut, bis in seine Leistengegend. Die Härte in seinem noch erigierten Penis wurde wieder deutlicher.

Ihre Berührung mochte unschuldig wirken und hätte sie ihn nicht kurz zuvor derart heiß gemacht, wäre seine Reaktion darauf nicht so deutlich ausgefallen.

Kilian holte tief Luft, aber sie ging nicht weiter.

Als sie Anstalten machte, ihre Finger zurückzuziehen, legte er seine Hand auf ihre und hielt sie fest. Mit dem Daumen streichelte er sanft darüber, während er sich auf die leere Straße konzentrierte.

Noch zweimal abbiegen, dachte er sich.

Vor dem kleinen Wohnblock hielt er an. Er führte ihre Fingerspitzen zu seinem Mund und küsste sie leicht. Sie schloss die Augen und lächelte. Mit den Lippen fuhr er über ihr Handgelenk, den Unterarm und küsste die empfindliche Stelle in ihrer Ellenbeuge. Emma kicherte. Eine Reaktion, die er nicht erwartet hatte.

»Kann es sein, dass du etwas kitzelig bist?«, neckte er sie und verharrte weiter mit den Lippen an ihrer zarten Haut.

»Immerhin stand ich nicht kurz davor, beim Essen des Nachtisches meine Selbstbeherrschung zu verlieren.« Sie ließ ihre Wimpern aufflattern und blickte ihn aus diesen braunen Drachenaugen an. Es war ein wenig beängstigend, wie oft sie ihn an seine alte Heimat erinnerte, wo er all die Jahre versucht hatte, diese zu vergessen.

»Du kannst dich von deiner Familie abwenden, aber du wirst niemals deine Wurzeln vergessen können«, hatte Patrick mal zu ihm gesagt.

»Möchtest du noch mit hinauf kommen?«, erkundigte Emma sich, als ob sie die Antwort darauf nicht wüsste.

Er stieg aus dem Wagen und folgte ihr zur Haustür. Während sie den Schlüssel in das Schloss schob, strich er ihre Locken beiseite und verteilte kleine Küsse in ihrem Nacken. Ein Rascheln, ein Klicken, die Tür glitt auf. Für ein paar Sekunden verweilte Emma reglos in dieser Position. Er verringerte den Abstand zwischen ihnen und fuhr mit einer Hand unter ihr Kleid. Er traf auf nackte feuchte Haut. Mist, er hatte vergessen, dass sie kein Höschen mehr trug. Das hatte er ihr vorhin bereits gestohlen.

Emma drehte sich schwungvoll um, griff nach seinen Händen und zog ihn ins Innere des Gebäudes. Dabei küsste sie ihn so leidenschaftlich, dass ihm die Luft wegblieb.

Sein Herz klopfte wild und am Liebsten würde er ihr das Kleid gleich hier im Treppenhaus herunterreißen, doch vermutlich war das keine gute Idee. Die Nachbarn könnten sich gestört fühlen.

Ungeduldig drängte er sie weiter. Da sie nicht annähernd so schnell reagierte, wie er es sich ersehnte, hob er sie kurzerhand hoch. Sie gab einen erschrockenen Laut von sich, ohne dabei den Kuss zu unterbrechen. Er trug sie die Stufen hinauf bis zu ihrer Wohnung. Dort stellte er sie wieder auf die Füße, wo sie mit zittrigen Fingern begann die Tür zu öffnen. Mit seinen Fingern wanderte er unablässig über ihre Schenkel, streichelte ihre Haut und massierte sanft ihrem Po.

Beim Betreten der Wohnung schaltete sie ganz automatisch das Licht ein. Kilian hob die Hand vor die Augen. Viel zu grell und unnatürlich blendete es ihn.

Er zog Emma in seinen Arm und küsste sie, drückte sie sanft gegen die Wand und betätigte den Lichtschalter, sodass die Dunkelheit über sie hereinbrach.

»Ich habe auch Kerzen im Nachttisch«, keuchte sie zwischen zwei Küssen gegen seine Lippen.

»Perfekt«, brachte er atemlos hervor und schob sie Richtung Bett. Ihre Wohnung war winzig und man fiel quasi mit der Tür ins Schlafzimmer.

Drei Schritte und er stieß mit dem Schienbein an den Holzrahmen. Den stechenden Schmerz nahm er kaum war. Emma hatte sich von ihm gelöst.

In der Dunkelheit konnte er kaum ihre Umrisse erahnen, dafür spürte er ihre Hände. Sie verzichtete darauf, sich erneut Zeit zu lassen und befreite sein steifes Glied aus der Hose. Erleichtert stöhnte er auf und hob nacheinander die Füße, um ihr das Ausziehen zu erleichtern. Der Stoff hatte ihn wirklich eingeengt, dabei sehnte er sich nur nach Emmas Enge. Ihr Verlangen schien ähnlich groß zu sein. Sie griff nach seinem Handgelenk.

»Komm zu mir«, verlangte sie und zog ihn zu sich auf das Bett, direkt zwischen ihre gespreizten Beine.

»Emma«, fing er an. Sie küsste ihn erneut.

»Bitte«, flüsterte sie. »Ich will dich so sehr.«

Sie schlang ihre Beine um seine Hüften und drängte ihm ihr Becken entgegen. Ihre feuchte Hitze brachte ihn beinahe um den Verstand.

Er rollte sich auf den Rücken, sodass sie auf ihm zu Sitzen kam. Eilig zog er ihr das Kleid über den Kopf und ertastete ihre Konturen in der Schwärze. Ihre Brüste passten so perfekt in seine Hände, als wären sie einzig allein für ihn gemacht.

Sie beugte sich zur Seite, wobei sie versehentlich ein Stück herunter rutschte. Er legte seine Hände an ihre Hüfte.

»Wohin?«, flüsterte er amüsiert. Ein knisterndes Geräusch drang an seine Ohren. Emma schob ihm etwas glattes zwischen die Finger, bevor sie erneut zum Nachttisch griff und von ihm herunterrutschte. Er tastete den kleinen Gegenstand ab. Sie hatte ihm eine Kondompackung in die Hand gedrückt. Er riss sie auf und stülpte sich den Schutz über. Fast zeitgleich flammte ein Streichholz auf und Emma entzündete eine Kerze.

Ihre Haut glänzte in dem schummrigen Licht. Er wollte keine Sekunde länger warten. Begierig zog er sie in seine Arme, legte seine Lippen auf ihren Mund und presste seinen Penis gegen ihre Mitte. Bereitwillig spreizte sie ihre Beine und machte ihm den Weg frei. Mit einem schnellen Stoß fuhr er zwischen ihre Schamlippen. Sie stöhnte und klammerte sich an seinen Oberarmen fest. Er verweilte kurz in ihr, bevor er sich langsam zurückzog und dieses mal sanfter in sie eindrang.

Emma streckte ihren Rücken durch, forderte ihn stumm auf, sie tiefer und energischer zu nehmen. Er kam dieser Bitte nach. Sein nächster Stoß war wieder kräftiger.

»Mehr«, keuchte sie.

Er schob sich über sie, presste sein Gewicht gegen ihr Schambein und versank tiefer. Ein lustvolles Stöhnen drang aus ihrer Kehle. Er spannte seine Gesäßmuskeln an, entfernte sich und stieß zu.

»Fester«, flehte Emma atemlos. Schweiß rann ihm über die Stirn, als er ihre aufgestellten Knie nach oben drückte, um weiter in sie vordringen zu können. Ihr lautes Stöhnen ließ ihn härter werden. Es spornte ihn an, wie sie sich unter ihm wandt. Sie hatte die Augen geschlossen, den Kopf zur Seite geneigt, während sie sich in die Laken krallte.

Er spürte, dass er nicht mehr lange durchhalten würde und verlangsamte sein Tempo, wurde wieder sanfter.

»Nicht aufhören«, bat sie und schlang die Arme um ihn. Als er kurz darauf von einem heftigen Orgasmus gepackt wurde und in seiner Bewegung erstarrte, hielt Emma ihn eng umschlungen und streichelte ihm sanft über den Rücken.

Sobald seine Atmung sich beruhigt hatte, rollte er sich auf die Seite.

»Entschuldige«, murmelte er. »Du hast mich einfach zu verrückt gemacht.«

Sie lachte leise und zog sich die Decke über den Körper.

»Entschuldige dich nicht! Du hast doch alles getan, was ich wollte. Außerdem habe ich es dir zu verdanken, dass ich einen tollen Tag hatte.«

»Das klingt ein wenig so, als würdest du mich jetzt vor die Tür setzen«, stellte er fest und hoffte, dass er sich täuschte. Viel lieber wollte er hier bei ihr bleiben, sie noch ein wenig anschauen, ein paar Worte wechseln und zusehen, wie sie in seinem Arm einschlief. Er genoss die Vorstellung, sie neben sich zu finden, wann immer er aufwachte.

»Wäre es nicht so spät, würde ich es vielleicht tun. Vergiss nicht, keine Beziehung«, holte sie ihn von der Wolke herunter, auf der er bis dato geschwebt war.

»Du bist unglaublich, Emma. Wir hatten einen lustigen Abend bei meinen Freunden. Du hast mich dazu verleitet, dass ich im Auto über dich herfallen wollte. Gerade hatten wir unglaublichen Sex und jetzt spielst du mit dem Gedanken mich nach Hause zu schicken?«

»Ich muss morgen früh raus. Außerdem hatte ich dich gewarnt, dass ich keine Zeit für diese Beziehungssachen habe. Montags ist mein einziger freier Tag.«

»Okay, dann lass uns nur Montags ein Paar sein und die restliche Woche gibt es freiwillige Bedingungen«, schlug er vor, während er es selbst für bizarr erachtete. Andererseits hatte sie eine Vorliebe für ausgefallene Ideen. Ihr Lachen bestätigte es.

»Was soll das denn bedeuten? Freiwillige Bedingungen«, wiederholte sie seine Worte.

»Dass wir ein paar Regeln aufstellen.«

»Regeln?«, fragte sie misstrauisch.

»Das wolltest du doch ohnehin. Kein Siezen mehr, kein teures Essen«, erinnerte er sie und strich ihr die Haare aus der Stirn.

»Da hältst du dich sowieso nicht dran.«

»Lass es mich probieren«, bat er.

»Na schön. Was wären das für Bedingungen?«

»Keine Intimitäten mit anderen Männern in dieser Zeit«, fing er an, obwohl ihm bewusst war, dass sie nicht zu diesen Frauen gehörte. Emma prustete los.

»Du solltest mittlerweile wissen, dass ich da nicht sehr sprunghaft bin.«

Er nickte.

»Einmal die Woche darf ich dich zum Essen ausführen.« In ihren Augen mochte es ein banaler Wunsch sein, aber ihm gefiel es mit ihr ins Restaurant zu gehen.

»Also das finde ich nicht …«

Er unterbrach sie.

»Nur einmal die Woche. Höchstens.«

»Ich bestimme wohin«, verhandelte sie.

»Einverstanden.« Ein Lächeln huschte über seine Lippen. Sie hatte ihren eigenen Kopf, aber zumindest kam sie ihm etwas entgegen.

»Was noch?«, erkundigte sie sich.

»Ich darf in deiner Wohnung übernachten, wann immer ich möchte«, setzte er alles auf eine Karte. Es war vielleicht gewagt, aber es interessierte ihn, wie sie reagieren würde.

»Wozu? Bei dir ist viel mehr Platz. Was willst du hier?«, fragte sie verwirrt.

»Ich will keinen Schlüssel. Ich meine, Tage wie heute, an denen ich dich besuche«, erklärte er.

»Gut. Einen zweiten Schlüssel habe ich eh nicht«, warf sie ein und überlegte kurz. »Du willst also unbedingt verhindern, dass ich dich spontan vor die Tür setze?«

»Ganz genau«, grinste er, rückte näher heran und schob seine Beine ebenfalls unter ihre Decke.

»Hast du sonst noch Wünsche?« Dieses Mal war ihr Blick mehr als misstrauisch.

»Nein, nur diese drei. Also, akzeptierst du unsere Montagsbeziehung?« Er kam sich vor, als würde er einen Vertrag aushandeln.

»Habe ich eine Wahl?«

»Sicher doch. Ich zwinge dich nicht.«

»Das war ein Scherz. Ich finde, eine regelmäßig wiederkehrende 24-Stunden-Beziehung hat einen gewissen Reiz.«

Mit diesen Worten drehte sie sich auf die Seite, sodass er nur noch ihren Rücken betrachten konnte.

»Möchtest du ebenfalls eine Bedingung aufstellen?«, fragte er leise und löschte die Kerzen auf dem Nachttisch. Dabei fiel ihm ein Bild ins Auge. Der Eiffelturm im tiefsten Winter, fotografiert bei Nacht. Er lächelte. Wenn sie seine Postkarte an dem Ort aufbewahrte wo sie schlief, musste es eine Bedeutung haben.

»Emma?«, flüsterte er leise. Keine Reaktion. Vermutlich war sie eingeschlafen. Er rückte dicht an sie heran und legte einen Arm um sie. Allein dafür lohnte es sich.

Kapitel 4

„Die Stadt der Liebe“

○○○Ein paar Wochen zuvor○○○

---Paris, Donnerstag 25. Oktober---

Exakt in dem Moment, wo er lächelnd den Hörer einrasten ließ, betrat Patrick den Raum.

»Mit wem hast du telefoniert?«, erkundigte er sich.

»Mit einer Kellnerin«, gab er ehrlich zurück. Bisher hatte er seinem Freund nichts von Emma erzählt und so sollte es erst einmal bleiben. Zumindest, solange er selbst noch nicht sagen konnte, wohin ihn diese Geschichte führen würde.

»Hat sie etwas gesehen?«, hakte Patrick weiter nach. Kilian schüttelte den Kopf. Vermutlich glaubte sein Freund, er habe in dem Restaurant angerufen, indem man Marie Moreau zuletzt gesehen hatte. Das Mädchen und ihre Familie schienen vom Pech verfolgt.

Nachdem Kilian den Stiefvater im letzten Winter erschossen hatte, waren sie davon ausgegangen, dass der Fall endgültig geklärt gewesen wäre. Wer hätte ahnen können, dass das Kind kaum ein Jahr später plötzlich entführt werden könnte.

Zwölf Jahre alt und mehr Leid erlebt, als manche Menschen in ihrem ganzen Leben, dachte er traurig.

Wäre es nicht um diesen speziellen Fall gegangen, hätte er den Auftrag abgelehnt. Er war durch mit Frankreich. Zu viele schlechte Erinnerungen hafteten an dieser Stadt. Zu lange hatte er sich weit zurückgezogen. Erst diese lockere und auf irgendeine Weise faszinierende Art von Emma, hatte ihn ein Stück weit zurückgebracht. Er war nie jemand gewesen, der besonders viele Kontakte knüpfte oder im Treppenhaus stehen blieb, um sich zu unterhalten, aber er hatte sich stets bemüht eine kleine Auswahl von Menschen im Bekanntenkreis zu haben, die ihm wichtig waren.

Seit sie Frankreich vor einem Jahr verlassen hatten, waren Patrick und Tanja seine einzigen Bezugspersonen geblieben. Erst seit der Begegnung mit Emma verspürte er den Wunsch es zu ändern. Ihre Leichtigkeit gepaart mit Strebsamkeit und einer gewissen Leidenschaft machten sie zu etwas Besonderem.

»Okay, wie ist der Plan?«, wollte Kilian wissen, bevor sich seine Gedanken weiter um Emma zuziehen konnten. Er wusste ja nicht einmal, ob er erneut die Chance bekommen würde, sie zu treffen.

»Ich werde Madame Moreau einen Besuch abstatten und du könntest dich an dem Restaurant umhören. Vielleicht hat jemand etwas Verdächtiges bemerkt.«

»Meinetwegen.« Er war dankbar, dass er nicht mit Maries Mutter würde sprechen müssen. Sie gehörte zu den Frauen, die schnell in Tränen ausbrechen und sich einem dann an die Brust werfen.

Er wusste damit nicht so recht umzugehen und fühlte sich unwohl in derartigen Situationen. Besonders schlimm war es, wenn Tränen aus völlig unersichtlichen Gründen liefen. Von diesen Frauen hielt er grundsätzlich Abstand.

Wie es wohl bei Emma war? Sie war schlagfertig und unerschrocken, für ihn ein Hinweis, dass sie nicht nah am Wasser gebaut war.

Er hätte gerne länger mit ihr telefoniert, aber vermutlich hatte sie Besuch gehabt. Er hatte geglaubt Sandras Stimme im Hintergrund erkannt zu haben, aber sicher war er sich nicht.

Vielleicht sollte er es morgen erneut probieren. Sie hatte es ihm schließlich nicht verboten und zudem war sie wirklich schnell rangegangen. Zwar hatte sie ihm deutlich gesagt, dass sie keine Beziehung wollte und war zudem mitten in der Nacht aus seiner Wohnung verschwunden, nachdem sie…

»Kilian? Hörst du mir zu?«, riss Patrick ihn aus seinen Erinnerungen.

»Verzeihung, ich habe nachgedacht«, entschuldigte er sich bei seinem Freund.

»Mach dir keine Sorgen. Wir werden das Mädchen schon finden. Wahrscheinlich ist sie mit einem Jungen durchgebrannt.

Nach der Geschichte mit ihrem Stiefvater hat sie vermutlich jeden Tag irgendwelche Therapien mitgemacht. Kein Wunder, dass sie dem entfliehen wollte«, überlegte Patrick.

»Ich weiß nicht, Pat. Mir kam sie nicht vor, wie eine rebellische Jugendliche. Überhaupt … eigentlich gehört es doch gar nicht zu unseren Aufgaben, verschwundene Kinder zu finden.«

»Die Frau hat Geld. Du kennst doch Mr. Bell.«

Patrick hatte recht, mit den nötigen Mitteln, wurde jeder Auftrag angenommen. Manchmal bewachte man eine Prinzessin, führte Umbrianer auf der Erde herum oder lieferte handzahme Nuhis an reiche Millionäre in Amerika aus. Wieso sollten sie dann diese Detektivarbeit ablehnen?

---Samstag, 27. Oktober---

Er stand an einem kleinen Kiosk und betrachtete die Postkarten. Gebäude, Autos, Züge, Brücken…

Nichts davon sagte ihm zu. Er hatte sich fest vorgenommen, sein Versprechen zu halten und Emma etwas mitzubringen, allerdings wurde keines dieser Motive ihr gerecht.

Er hatte noch ein paar mal versucht sie zu erreichen, von der Telefonzelle in der Stadt aus. Sie war nicht Zuhause gewesen. Am Abend hätte er vielleicht eine Chance gehabt, bevor sie zur Arbeit aufbrach, aber da war er immer mit Patrick zusammen.

»Bastian?«

Er erkannte die Stimme sofort. *Verflucht, was hätte er jetzt dafür gegeben, wie ein Weltenwandler nach Umbria verschwinden zu können?*

Es gehörte schon eine Menge Pech dazu, in dieser großen Stadt, ausgerechnet den einzigen Menschen zu treffen, dem man unter keinen Umständen begegnen wollte

Er drehte sich um.

»Hallo, Chloé.«

»Was, mehr fällt dir nicht ein? *Hallo, Chloé?* Du bist vor gut einem Jahr spurlos verschwunden. Von jetzt auf gleich. Hättest du mich nicht vorwarnen können?«, fragte sie schnippisch.

»Wozu?«, hakte er nach. Immerhin war sie diejenige gewesen, die ihn betrogen hatte. Da war er ihr doch keine Rechenschaft schuldig, wenn er beschloss ein neues Leben in Deutschland zu beginnen.

»Wir waren über ein halbes Jahr zusammen. Ich dachte, das mit uns sei etwas Ernstes«, antwortete sie theatralisch, als sei ein halbes Jahr eine Ewigkeit. Auf der Erde verging die Zeit viel zu schnell.

»Wenn es dir etwas bedeutet hat, was sollte dann die Sache mit …«

»Du meinst Tulio? Das war ein Versehen. Mir war langweilig. Du hast gearbeitet.«

»Du hättest ebenfalls arbeiten können.«

»Ich bin eine Frau. Ich habe Wichtigeres zu tun, als mich kaputt zu schuften.«

»Mit anderen Männern schlafen zum Beispiel?« Er hatte keine Lust sich mit ihr zu unterhalten. Sie interessierte ihn nicht mehr.

Kilian wandte sich ab und fing erneut an, den Kartenständer zu durchsuchen. Vielleicht würde sie verschwinden, wenn er sie ignorierte.

»Bastian.« Sie zwängte sich in sein Blickfeld und klimperte mit den Wimpern. Wie hatte er sich damals überhaupt auf sie einlassen können, mit ihren viel zu roten Lippen und der künstlichen Dauerwelle - hart wie Eisen durch all diese Mittelchen, damit ja kein Haar aus der Reihe tanzte.

Emmas Haare waren weich und leicht, wie ihr Lachen.

»Lass uns Essen gehen. Wir reden und ich mache es wieder gut«, schlug sie vor und legte ihre Hand auf seine Brust. Ihr Parfüm kroch ihm in die Nase. Vermutlich war es das, was ihm den Verstand vernebelt hatte.

»Kein Interesse«, brummte er und schob sie zur Seite.

»Ok, wie du willst. Nur Essen, ohne Hintergedanke?«, bot sie an. Er seufzte.

»Du zahlst!«

Sie verzog das Gesicht.

»Papa hat mir den Geldhahn zugedreht. Zum vierten Mal in diesem Jahr«, schmollte sie.

»Dann vergiss es«, gab er zurück und griff nach einer Karte. Eine altertümliche Pferdekutsche vor Notre-Dame … nicht das Richtige. Er stellte sie zurück.

Chloé gab ein entnervtes Geräusch von sich. Mit so wenig Aufmerksamkeit kam sie nicht klar.

Warum konnte sie nicht einfach verschwinden?

»Nimm doch die hier.« Sie zog eines der Fotos aus der Halterung. Es zeigte eine Reihe vornehm gekleideter Damen am Ufer der Seine. Er ignorierte ihren Vorschlag und griff nach dem Exemplar, welches dahinter verborgen gewesen war.

»Ich nehme diese«, entschied er und ging zur Kasse.

Chloé klebte an ihm, wie eine Klette.

»Gehen wir dann jetzt Essen?«, erkundigte sie sich, sobald sie draußen auf der Straße standen. »Ich bin auch einverstanden mit deiner Bedingung, dass ich bezahlen soll.«

Na klasse, dachte er sich.

»Meinetwegen«, murmelte er. Sie würde ohnehin nicht lange interessiert sein, wenn sie feststellte, dass er nicht auf sie einging.

»Ich bin froh dich getroffen zu haben. Wo warst du denn das ganze letzte Jahr? Ich habe versucht dich über diesen Freund von dir zu finden. Patrick. Aber er war ebenfalls unauffindbar«, sprach sie jetzt in schnellem Französisch. Er hörte ihr nicht länger zu. Stattdessen wanderten seine Gedanken ganz automatisch zu Emma. Wie hatte sie es nur geschafft, ihn innerhalb so kurzer Zeit zu faszinieren. Ein Treffen, eine Nacht. Sie hatten kaum Gelegenheit gehabt, sich kennen zu lernen.

Er musste sie wiedersehen und herausfinden was es war, dass sie so außergewöhnlich machte.

»Hier gibt es das beste französische Frühstück in ganz Paris«, huldigte Chloé ein Café, welches aussah wie jedes andere. Dabei zerrte sie ungeduldig an seinem Ärmel.

»Großartig«, kommentierte Kilian, schob sich zwischen den Stühlen hindurch und setzte sich an einen der Tische.

»Du willst Draußen essen? Ist das nicht etwas kalt?«, fragte sie wenig begeistert.

»Wir können es auch bleiben lassen«, schlug er vor, woraufhin sie sich beleidigt auf den Platz gegenüber fallen ließ.

Amüsiert betrachtete er, wie sie die von Regen nasse Speisekarte aus dem Aufsteller fischte - vorsichtig, nur mit den Fingerspitzen, als könnte sie sich daran verbrennen. Vermutlich wäre Emma nicht annähernd so zimperlich.

»Wie ist es dir ergangen im letzten Jahr?«, fragte er aus reiner Höflichkeit. Es interessierte ihn nicht wirklich.

»Ich bin wieder zu meinen Eltern gezogen. Deine Wohnung wurde einfach weitervermietet, ohne dass man mich informiert hat. Ist das zu fassen? Eines Tages kam ich nach Hause und stand einer völlig verwirrten Familie gegenüber. Sie haben mir eine Kiste mit meinen Sachen in die Hand gedrückt und mich vor die Tür gesetzt. Die haben meine teuren Kleider achtlos in diesen Karton gestopft, zusammen mit allerlei Plunder.«

Glücklicherweise erlöste die Kellnerin ihn von Chloés Gerede.

Diese bestellte ein ausführliches Frühstück. Was sie auch tun würde, er würde das sicher nicht bezahlen.

»Einen Kaffee, bitte«, wählte er knapp.

»Du weißt ganz genau, dass ich es nicht leiden kann, wenn du nach Kaffee schmeckst«, nörgelte Chloé.

»Ich wüsste nicht, was es dich angeht, wonach ich schmecke«, erwiderte er mit hochgezogenen Augenbrauen. Sie biss sich auf die Unterlippe und beugte sich nach vorne.

»Ach komm schon. Ich und Du, die Stadt der Liebe. Wie viele Tage bist du hier? Hast du eine Freundin? Ist es das? Sie muss es nicht erfahren.«

Chloé streckte den Arm aus, um nach seiner Hand zu greifen. Rechtzeitig zog er die Finger vom Tisch.

»Ich gehöre nicht zu den Männern, die eine Frau betrügen«, sagte er ruhig. Sie musste ja nicht wissen, dass er keine Freundin hatte.

»Erzähl mal, wie heißt sie?«, informierte Chloé sich. Er schüttelte den Kopf.

»Dafür sind wir nicht hier.«

»Dann hast du gelogen und es gibt gar keine neue Frau in deinem Leben«, entschied sie.

»Emma!«, erwiderte er. »Ihr Name ist Emma.«

»Haarfarbe?«

»Braun.«

»Geschwister?«

»Ein älteren Bruder.«

»Größte Schwäche?«

»Sie kommt immer zu spät, obwohl sie ständig auf die Uhr schaut«, sagte er, ohne nachzudenken.

»Okay, du hast sie dir nicht ausgedacht«, gab Chloé endlich nach. Warum saß er überhaupt hier und redete mit ihr?

»Ist die Postkarte für sie?«, fragte Chloé jetzt.

»Sicher«, meinte er.

»Sie hat Glück. Ich bin keine Frau, der man Briefe schickt.«

Kapitel 5

„Ein wenig verrückt“

Ein leises Poltern weckte ihn. Es war stockfinster.

»Fliehst du jetzt schon aus deiner eigenen Wohnung?«, fragte Kilian amüsiert und betätigte den Schalter der Nachttischlampe.

Emma stand neben der schmalen Garderobe, die Jacke in der Hand.

»Tschuldige, dass ich dich geweckt habe. Ich muss zur Arbeit«, wisperte sie und schlüpfte in die Ärmel. Er warf einen Blick zur Uhr.

»Wir haben viertel nach fünf.«

»Ich weiß, ich bin spät dran. Um sechs muss ich dort sein. Weil der Bus im Winter erst ab halb sieben fährt muss ich laufen. Und da ich keine Lust habe, mir im dunklen Park die Füße zu brechen, indem ich womöglich über eine Wurzel stolpere, gehe ich außen herum.«

»Du läufst jeden Morgen eine Stunde durch die Dunkelheit, um zur Arbeit zu kommen?«, fragte er fassungslos. Sie lachte leise.

»Nein, nur ein oder zweimal die Woche. Es kommt drauf an was ansteht«, gab sie fröhlich zurück.

Er schüttelte den Kopf.

»Damit ist ab sofort Schluss. Ich werde dich fahren!«, entschied er.

»Unsinn. Ich bin ein großes Mädchen. Ich kann auf mich aufpassen«, meinte sie und griff nach ihren Schuhen.

»Komm ins Bett, Emma! Oder muss ich dich holen?«

»Das traust du dich nicht«, meinte sie. Er hörte leise Zweifel.

»Wollen wir wetten?«

Vor sich hin grummelnd, stellte sie die Schuhe zurück, legte die Jacke über einen Stuhl und kletterte zu ihm unter die Decke.

»Das verstößt gegen meine Prinzipien«, eröffnete sie.

»Ach ja? Gegen welche denn?«, hakte er schmunzelnd nach und zog sie in seine Arme.

»Zum Beispiel gegen die, mit Kleid ins Bett zu gehen.«

»Du kannst es ja ausziehen.«

»Oder das zu tun, was ein Mann mir sagt.«

»Dann lass das Kleid an.«

»Genug Unsinn! Es wird Zeit. Wenn du mich fahren willst, solltest du dich jetzt anziehen«, bestimmte sie, zog ihm die Decke weg und schob ihn von der Matratze.

»So erfahre ich wenigstens, wo du arbeitest, wenn du nicht in der Bar bist«, überlegte er gut gelaunt und griff nach seinen Sachen.

»Vielleicht«, gab sie geheimnisvoll zurück.

»Was willst du damit sagen?«

»Ich arbeite mal hier, mal da«, meinte sie nur.

»Kümmerst du dich um die Haustiere älterer Herrschaften?«

»Manchmal.« Sie lachte. »Eigentlich erledige ich nur Einkäufe, putze die Wohnungen oder begleite die Leute zum Arzt. Letztes Jahr hatte ich den Hund von Frau Miller vier Wochen bei mir Zuhause, weil sie ins Krankenhaus musste und niemand da war, der sich kümmern konnte.

Sandra war begeistert, Gustav nicht so. Der Bernhardiner hat die ganze Bar aufgemischt und einen Ärmel von Tonis Lederjacke abgekaut.«

»Da war er sicher wütend«, warf Kilian ein. Er kannte Toni zwar kaum, aber nachdem was er mitbekommen hatte, war er leicht reizbar. Emma schüttelte den Kopf.

»Nein, eigentlich nicht. Er hat zwar kurz gemeckert, aber im Grunde verzeiht er mir alles.«

»Dann ist er also doch Konkurrenz?«, informierte er sich.

»Klar doch«, antwortete sie sarkastisch. »Ich kenne ihn seit acht Jahren, wieso sollte ich plötzlich Interesse an ihm haben?«

»Solange du mehr Interesse an meiner Person hast, ist Toni mir egal«, entschied er.

»Auf einmal«, kommentierte Emma grinsend.

---Donnerstag 8. November ---

Wärme und leise Musik empfingen ihn. Kilian zog seinen Hut aus und steuerte direkt auf den Tresen zu. Sein Blick registrierte einen einsamen Gast auf einem Barhocker und Sandra.

»Regnet es wieder?« Grinste sie ihn an.

»Glücklicherweise nicht. Es schneit«, gab er zurück und grüßte den anderen Gast mit einem Kopfnicken. Keine Reaktion. *Dann nicht*, dachte Kilian.

»Ihh«, machte Sandra und zog die Nase kraus.

»Was hast du gegen Schnee?«

»Das Zeug ist kalt und nass. Das ist schlimmer als Regen.«

Er lachte.

»Okay. Darf ich nochmal raten, weshalb du hier bist?«, fragte sie gut gelaunt und fuhr fort, ohne eine Antwort abzuwarten.

»Sie möchten dieses Lokal kaufen, nicht wahr? Es ist vielleicht etwas Renovierungsbedürftig und wir machen nicht allzu viel Gewinn, aber dafür ist die Lage ganz passabel und die ausgezeichnete Inneneinrichtung ist nicht zu verachten. Einzigartig, hübsch anzusehen und unbezahlbar«, raunte sie die letzten Worte.

»Klingt fantastisch. Wo ist der Haken?«, ging er darauf ein.

»Sie ist unpünktlich. Heute kam sie fast eine Stunde zu spät. Willst du was trinken?«, fragte sie nebenbei.

Kilian nickte und sie stellte ihm ein Glas Wasser auf die Theke.

»Weißt du etwas darüber?«, erkundigte er sich. Emma war nie pünktlich, aber eine ganze Stunde war nicht ihre Art.

»Sie hat nur über irgendwelche Vermieter und Busfahrer geschimpft.«

»Wo ist sie jetzt?«

»Sie spricht mit Gustav«, meinte Sandra achselzuckend.

Ihre Miene wandelte sich, als sie sein Gesicht bemerkte. »Oh, keine Sorge. Es geht nicht um die Arbeit. Er nimmt die Sache mit der Pünktlichkeit nicht so ernst«, beeilte sie sich zu sagen.

»Ey, Blondschopf, kriege ich mein Bier heute noch, oder bist du nur zum quatschen eingestellt worden?«

»Halt die Klappe, Danny. Ich habe dir schon dreimal gesagt, dass die Zapfhähne für heute dicht sind. Geh nach Hause zu deiner Frau und schlaf deinen Rausch aus.«

»Der Kerl hat auch noch etwas gekriegt.« Mit glasigem Blick schielte der Betrunkene auf das Glas in Kilians Hand.

»Ja. Was-ser«, sagte Sandra langsam und überdeutlich.

»Nehme ich auch. Hauptsache Alkohol«, brummte der Mann namens Danny.

»Wenn du willst, hole ich dir einen ganzen Eimer, dann ist die Dusche heute gratis.«

»Sei nicht so streng, Sandra. Danny ist unser treuester Gast und außerdem hat er es zum Kotzen immer rechtzeitig nach draußen geschafft.« Emma stieß zu ihnen. Sie lächelte ihm zu.

»Ja, ich kotze Draußen«, bestätigte Danny stolz, wobei ihm die Worte scheinbar schwer über die Lippen gingen.

»Alles ok?«, fragte Sandra an Emma gewandt. Diese nickte.

»Gustav hat mir nur seine Hilfe bei der Wohnungssuche angeboten, aber das schaffe ich auch alleine. Er ist schon nach Hause gegangen. Er meinte, wir sollten aufräumen und die Leute nach Hause schicken. Es ist spät genug«, berichtete sie knapp.

»Dann mal los.« Eifrig griff Sandra nach ein paar leeren Gläsern.

»Lass mal, ich mach das schon. Du musst doch morgen wieder zur Uni und außerdem war ich spät dran heute«, entschied Emma und nahm ihrer Freundin die Arbeit ab. Sandra zuckte mit den Schultern.

»Meinetwegen, dann sehen wir uns morgen Abend.« Sie holte ihre Tasche unter der Theke hervor.

»Passen Sie mit bloß gut auf meine liebste Emma auf, Mr. Bond«, scherzte sie, umarmte Emma und winkte zum Abschied, bevor sie verschwand.

»Los verzieh dich, Danny«, forderte Emma den Betrunkenen auf, der nach wie vor auf seinem Hocker hing und Kilian jetzt mit großen Augen anstarrte.

»Sind sie der echte 007 oder der Schauspieler?«, wollte Danny von ihm wissen.

Er kratzte sich nachdenklich am Kinn.

»Er ist der Echte und jetzt ab nach Hause mit dir.«

Emma war um den Tresen herumgekommen und schob den Mann jetzt behutsam, aber bestimmt Richtung Ausgang.

»Lauf nach rechts. Die dritte Tür ist deine«, wies sie ihn an.

Bevor sie den Eingang von innen verriegelte, streckte sie noch eine Zeitlang den Kopf in die Nacht. Vermutlich kontrollierte sie, ob der Typ den Weg unbeschadet überstand.

»Geschafft«, kommentierte sie, drehte den Schlüssel herum und hängte das Geschlossen-Schild auf. Dann ging sie zur Musikbox, doch statt sie auszuschalten, wählte sie ein Lied aus und regulierte die Lautstärke weiter herunter - es war zuvor nicht laut gewesen.

»Du hast dich gar nicht angekündigt für heute«, merkte sie an und legte ihre Arme auf seine Schultern, wobei sie die Finger in seinem Nacken verschränkte.

»Muss ich das denn?«, erkundigte er sich leise und beugte sich vor, um sie zu küssen.

»Ich freue mich, dass du hier bist«, lächelte sie, sobald er sich von ihr löste. »Dann habe ich jemanden, der mir beim Aufräumen hilft.«

Er zog sie enger in seine Arme.

»Nur, wenn du vorher eine Runde mit mir tanzt.« Im Rhythmus der Musik begann er sich zu bewegen. Sie lehnte den Kopf an seine Schulter und überließ ihm die Führung.

»Ich habe es nicht eilig. Morgen muss ich erst wieder um 20 Uhr in der Bar sein und jetzt haben wir gerade mal vier. Frau Siebers ist für ein paar Tage zu ihrer Schwester gefahren. Der Termin für die Wohnungsbesichtigung wurde ebenfalls abgesagt und …«

»Ich rede wirklich gerne mit dir Emma, aber jetzt gerade möchte ich einfach nur den Moment auskosten, dir nah sein zu dürfen und an nichts denken zu müssen«, unterbrach er sie leise. Den ganzen Tag über hatte er sich das Gerede seines Schützlings aus Umbria anhören müssen.

»Verzeihung«, murmelte sie, wich ein Stück zurück und senkte den Blick.

»Nein, versteh mich nicht falsch. Ich will nur ein paar Minuten Zweisamkeit genießen. Sobald wir bei mir sind, möchte ich, dass du mir alles erzählst, was dich bewegt und auch die Dinge, die heute passiert sind«, sagte er rasch und legte eine Hand unter ihr Kinn. Er wollte ihr mit seinen Worten nicht das Gefühl vermitteln, sie würde zu viel reden oder noch schlimmer, es würde ihn nicht interessieren.

»Ich möchte alles über dich erfahren«, verlieh er seiner Aussage Nachdruck und küsste sie. »Du bist mir wichtig, Emma.«

Sie biss sich nervös auf die Lippen. Vermutlich war sie sich nicht sicher, was sie darauf erwidern sollte … ob sie überhaupt etwas dazu sagen wollte.

Kilian legte seine Hand an ihre Wange und schüttelte lächelnd den Kopf.

»Du brauchst nicht antworten, lass uns einfach genießen«, wisperte er und zog sie in einen weiteren Kuss.

Er wiegte sie weiterhin im Takt der Musik. Die rechte Hand an ihrem Gesicht, die Linke um ihre Taille geschlungen. Sie fühlte sich wahnsinnig gut an, in seinen Armen.

Mit seiner Zunge tastete er nach der ihren, stieß sie sanft an und umkreiste sie. Ihr Atem ging stoßweise und als er sich mit seinen Lippen an ihrem Hals hinab bewegte, schon sie wie von alleine ihr Becken vor und presste sich an ihn.

Kilian hauchte zarte Küsse auf ihr Schlüsselbein und spürte seine wachsende Erregung. Doch er war nicht hier, um heißen Sex von ihr zu bekommen, wie beim letzten Mal.

Er wollte keine schnelle Nummer. Heute sollte es um sie gehen.

»Was hast du vor?«, fragte sie und kicherte. Er hatte sie hochgehoben und trug sie um den Tresen herum, wo er sie behutsam auf der Ablage neben der Spüle absetzte. Augenblicklich dachte er an das letzte Mal, wo er sie so vor sich sitzend gehabt hatte. Nachdem sie alle Missverständnisse beseitigt hatten, waren sie in genau dieser Position gelandet.

»Dieses Mal werde ich nicht vorher aufhören, nur dass du es weißt«, wisperte er und streichelte ihren Knöchel - wie beim letzten Mal. Wanderte nach oben, unter ihr Kleid und streichelte ihren Slip - wie beim letzten Mal. Küsste ihren Hals - wie beim …

»Du willst wirklich, dass ich meine Arbeit verliere«, seufzte sie und krallte sich in seinen Haaren fest.

»Ich möchte, dass du mit jeder Faser deines Körpers Lust empfindest. Ich möchte, dass du vollkommen die Kontrolle verlierst und ich will, dass du für mich kommst. Immer und immer wieder.« Er flüsterte die Worte ganz dicht an ihrem Ohr, sodass er seinen eigenen heißen Atem spürte.

Emma hielt die Luft an, während er sprach. Er strich mit dem Daumen über den seidigen Stoff zwischen ihren Beinen und legte seine Hand mit sanften Druck darauf. Ihre Hitze machte ihn an.

Mit der Zunge fuhr er über ihren Hals, während er ihr Höschen beiseite zog und einen Finger zwischen ihre Schamlippen gleiten ließ.

»Kilian«, keuchte sie und bereitete ihm eine Gänsehaut. Langsam zog er seine Hand zurück und kniete sich vor ihr auf den Boden. Er packte ihren Slip und zog ihn mit einem Ruck herunter.

Trotzdem sie sich an der Theke festhielt, rutschte sie dabei bis vorne an die Kante.

Er kniete sich vor ihr auf den Boden und versenkte das Gesicht zwischen ihren Schenkeln. Zu spüren, wie sie sich ihm hingab und fallen ließ, war ein unbeschreibliches Gefühl.

Einmal versuchte sie selbst wieder die Führung zu übernehmen, doch er ließ erst von ihr ab, nachdem sie ihren Höhepunkt erreicht hatte.

»Ups, das ging aber schnell«, merkte sie an, während sie nach Atem rang.

»Ich mache gerne weiter, wenn du magst«, gab er zurück, schlang die Arme um ihren Körper und küsste erneut ihren Hals.

»Ich müsste verrückt sein, dieses Angebot abzulehnen«, wisperte sie und glitt mit den Händen unter sein Hemd.

»Wenn das immer so abläuft, darfst du mich gerne öfter unangekündigt abholen.«

---Samstag 10. November---

Wie versprochen stand er um kurz vor Fünf an der Kneipe. Er wollte Emma in ihrer Wohnung absetzen und dann selbst zur Arbeit fahren. Das Geschlossen-Schild hing bereits in der Scheibe. Eigentlich hatte er sich vorgenommen, draußen zu warten, doch ein Tumult von drinnen veranlasste ihn, die Bar zu betreten.

Er wurde Augenzeuge davon, wie einer der Teller durch die Luft flog und dicht neben Tonis Gesicht an der Wand zerschellte.

»Bist du jetzt total bescheuert?«, brüllte der und zog den Kopf zwischen die Schultern.

»Emma!«, tat auch Sandra ihre Bestürzung kund und schob sich vor Toni, bevor ein weiterer Teller in seine Richtung fliegen konnte.

»Du blöder Pisser, gib mir die Kassette«, schimpfte Emma und wäre wohl auf Toni losgegangen, wenn Jan nicht gewesen wäre. Mit seiner sanftmütigen Art hielt der Riese Emma zurück.

»Was ist denn hier passiert?«, machte Kilian sich bemerkbar.

»Na endlich, ein vernünftiger Erwachsener!«, stöhnte Sandra erleichtert und machte ein paar Schritte in seine Richtung. Dabei gab sie Emma unbewusst die Wurfbahn frei, was diese sogleich ausnutzte. Eines der Pinnchen traf Toni an der Schulter und ließ ihn aufheulen. Sandra - mit dem Rücken zum Geschehen - zuckte zusammen bei diesem Geräusch.

»Was ist in dich gefahren«, brüllte Toni jetzt und machte einen Satz nach vorne. Jan wich automatisch zurück, nicht so Emma. Die funkelte ihr Gegenüber wütend an.

»Du bist so ein Widerling«, giftete sie.

»Immerhin bin ich keine dreckige Nutte«, zischte Toni. Bevor irgendwer eingreifen konnte, hatte Emma ihm schon mit der flachen Hand ins Gesicht geschlagen. Für drei Sekunden brachte das Geräusch eine totenstille über den Raum.

Toni war der Erste, der sich rührte. Er knallte etwas auf den Tresen, das Kilian nicht erkennen konnte, wandte sich ab und verschwand.

»Emma?«, wisperte Sandra mit erstickter Stimme.

»Könnte mir jetzt bitte jemand erklären, was hier los ist«, bat Kilian ruhig.

»Verschwinde«, fuhr Emma ihn überraschend an und griff nach dem kleinen Ding, welches Toni zurückgelassen hatte. Jan legte eine Hand auf ihre Schulter, aber sie stieß ihn weg.

Sandra hatte sich unterdessen daran gemacht, die Scherben einzusammeln.

»Was habe ich denn getan?«, fragte Kilian. Er sah nicht ein, ohne eine Erklärung zu verschwinden. Wenn sie einen Grund hatte, wütend zu sein, sollte sie ihn nicht im Dunkeln tappen lassen.

»Du bist schuld an all dem«, warf sie ihm vor und stopfte den kleinen Gegenstand von Toni in ihre Tasche.

»Das ist nicht fair von dir, Süße«, versuchte Sandra ihr Glück und stellte das Kehrblech mit den Scherben auf die Theke.

»Komm, lassen wir sie alleine reden«, forderte Jan seine Verlobte auf und zog sie mit sich in die hinteren Räume.

Emma schlüpfte murmelnd in ihre Jacke und griff nach ihren Sachen. Es wirkte ein wenig, als würde sie wütend mit sich selbst diskutieren.

»Emma«, erhob er zögernd das Wort und näherte sich der Theke.

»Geh einfach«, presste sie zwischen den Zähnen hervor, ohne ihn anzusehen.

»Ich wüsste gerne …«

»Hau ab!« Sie wandte sich um. In ihren Augen glitzerte eine Träne.

»Ich will dich nicht sehen. Ich will niemanden sehen! Lasst mich alle in Ruhe.«

Als sie sich an ihm vorbeidrängte, wollte er sie festhalten, aber sie riss sich los und stürmte aus der Tür.

»Emma!«, hörte er Sandra rufen, die es nicht länger hinten ausgehalten hatte. »Sowas Blödes. Ich hatte gehofft, mit dir würde sie sprechen.«

»Ich weiß immer noch nicht, was überhaupt passiert ist«, gab Kilian zu. Sandra zuckte mit den Schultern.

»Ich weiß nur, dass sie plötzlich wie eine Furie auf Toni losgegangen ist. Ich meine, die beiden streiten sich hin und wieder, aber das was er zur ihr gesagt hat, war schon unter seiner Würde. Sonst ist er Emma gegenüber eher respektvoll.«

»Soweit man irgendwas an Toni als respektvoll bezeichnen kann«, meinte Kilian.

»Hast du irgendwas mitbekommen?«, erkundigte Sandra sich bei Jan, der gerade den Raum betrat.

»Ich bin nicht sicher … ich glaube, sie hat vorhin mit Jakob telefoniert.«

»Ihr Bruder? Der ruft doch sonst nie an, schon gar nicht auf der Arbeit. Ich sag dir, wenn Joanne ihre Finger im Spiel hat …«, schimpfte Sandra und brach abrupt ab.

»Das würde zumindest erklären, warum sie auf hundertachtzig war. Auch wenn ich nicht weiß, was Toni mit der Situation zu tun hat. Er ist doch für gewöhnlich auf Emmas Seite«, meinte Jan nachdenklich.

»Diese Joanne scheint ja ein liebenswerter Mensch zu sein«, kommentierte Kilian, der bisher nicht allzu viel über diese Frau gehört hatte.

»Was hat Emma dir über sie erzählt?«, fragte Sandra.

»Sie ist die Mutter von diesem David und hat dafür gesorgt, dass man ihr Jillian wegnimmt.«

»Ich wüsste zu gerne, was Toni verbockt hat«, murmelte

Sandra.

»Vielleicht hat er sie nur wieder gefragt, ob sie mit ihm ins Kino geht«, vermutete Jan.

»Das glaube ich kaum.«

»Was denkt ihr, hat sie jetzt vor?«, fragte Kilian. Er hatte etwas Sorge, weil sie überstürzt die Bar verlassen hatte.

»Ganz klar, sie läuft vermutlich nach Hause, bindet sich die Haare fest zusammen und belästigt die Nachbarn mit ihrer zu lauten Musik«, überlegte Sandra.

»Fährst du ihr hinterher?«, wollte Jan von Kilian wissen. Der schüttelte den Kopf.

»Vermutlich keine gute Idee, außerdem muss ich zur Arbeit.«

Sandra blickte ihn mitfühlend an.

»Keine Sorge. Emma kann ganz schön explosiv sein, aber sie regt sich genauso schnell wieder ab. Sie ist immer gleich mit vollem Herzen dabei.«

Kapitel 6

„Wie im Film“

---Sonntag 11. November kurz vor Mitternacht---

Etwas später als erhofft, parkte er den Wagen auf der gegenüberliegenden Straßenseite und warf einen Blick in Richtung Bar. Weiter hinten schien noch ein Licht zu brennen. Die Musikbox spielte ebenfalls. Dass Emma heute für die Spätschicht eingeteilt war, wusste er von Sandra.

Er hatte lange mit sich gerungen, ob er hier herkommen sollte. Er hatte verschiedene Möglichkeiten durchgespielt.

Abwarten und erstmal nichts tun … dafür hatte er nicht die Ruhe gehabt. Es beschäftigte ihn zu sehr, weshalb Emma so abweisend gewesen war. Er wollte sie mit ihren Problemen nicht alleine lassen.

Sie Zuhause anrufen … vielleicht hätte sie es ignoriert. Vielleicht wäre sie nicht einmal da gewesen. Sie hatte schon einmal die Nächte bei Sandra verbracht, weil sie nicht zurück in ihre Wohnung gewollt hatte. Vielleicht hatte sie gar nicht Zuhause geschlafen. Das waren eindeutig zu viele Vielleichts.

Bei ihr Zuhause vorbeifahren … vermutlich zu aufdringlich. Sie könnte sich eingeengt fühlen, immerhin hatte sie deutlich gemacht, ihn nicht sehen zu wollen. Er wollte nicht, dass sie sich bedrängt fühlte.

Schlussendlich hatte er sich dann doch entschieden, sie in der Bar abzufangen. Das hatte schließlich schon einmal funktioniert, auch wenn damals er der Volltrottel gewesen war, der es unnötig kompliziert gemacht hatte. Aber diese Situation hatte sie im Endeffekt näher zusammengebracht. Was einmal funktioniert hatte, konnte wieder klappen.

Er wollte nicht einfach so aufgeben. Er hatte nichts verkehrt gemacht - soweit er wusste - und er würde eine Erklärung verlangen. Wenigstens das war sie ihm schuldig.

Anschließend durfte sie ihn gerne aus der Stadt jagen.

Er stieg aus dem Wagen, überquerte die Straße und drückte die Tür auf. Zumindest versuchte er es. Abgeschlossen!

Das war nicht ungewöhnlich. Sonntags machte Gustav um null Uhr spätestens zu. Montags wurde hier nicht gearbeitet. Das war eine seiner Regeln.

Da noch ein Licht an war und die Musik unaufhörlich wummerte, musste jemand drinnen sein. Er ging um das Gebäude herum zur Hintertür.

Verschlossen!

Das wunderte ihn. Sie riegelten niemals ab, solange nicht jeder die Bar verlassen hatte. Ein Poltern hinter verschlossenen Türen weckte dieses Gefühl in ihm, dass etwas nicht stimmte.

Patrick sagte immer: »*Du bist so gut in deinem Job, weil du die Gefahr riechen kannst.*«

Ganz automatisch glitten seine Finger zu der Waffe. Ein Glück, dass er sie immer bei sich trug.

Vielleicht waren Einbrecher in der Kneipe, um das Geld aus dem Safe zu stehlen, überlegte er. *Einbrecher, die hinter sich wieder abschlossen? - Unsinn.*

Ein anderer Gedanke kam ihm. *War Emma noch da?*

Sein Herz schlug schneller. Dank seiner Arbeit war er unerwartete Situationen gewohnt. Aber es war etwas anderes, wenn es das eigene Herz betraf. Falls Eindringlinge im Gebäude waren und Emma und die anderen als Geiseln festhielten, musste er besonders umsichtig vorgehen.

Er hasste diese Momente, in denen er nicht wusste, was ihn auf der anderen Seite einer Tür erwartete. Gab es Verletzte? Schusswaffen? Es war ausgeschlossen, dass er sich irrte und sein Gefühl ihn trügte. Er zweifelte keine Sekunde an seiner Intuition.

Kilian wusste, dass es an der Hintertüre, von innen, einen Metallriegel gab. Wäre er vorgeschoben, könnte man die Tür nicht einfach von seiner Position aus öffnen, weshalb er ohne Umschweife zurück zur Straße ging. Er suchte in der Innentasche seines Mantels nach dem Dietrich und machte sich kurz darauf an dem Schloss zu schaffen. Es war ein Kinderspiel, aber wer raubte auch schon eine schäbige Kneipe aus.

Der Geruch nach Alkohol und Zigarettenrauch stieg ihm in die Nase. Es war zwar nicht ungewöhnlich für eine Kneipe, doch aus dem Aschenbecher - vorne auf dem Tresen - stieg eindeutig Rauch empor. Die Zigarette glimmte noch. Ein Knirschen unter seinen Schuhen ließ ihn den Blick senken. Mehrere Flaschen schienen zerbrochen zu sein.

Helles Licht drang aus den hinteren Räumlichkeiten. Er trat auf die Musikanlage zu, bedacht darauf nicht in weitere Scherben zu treten und schaltete sie aus.

Es war eine gewagte Strategie. Sollten sich tatsächlich Unbefugte in einem der Hinterzimmer aufhalten, würde es sie hervorlocken. Seine rechte Hand umschloss den kühlen Griff seiner Pistole. Das Metall wog schwer.

Ein Geräusch lenkte seine Aufmerksamkeit auf die Theke. Ein Wimmern.

Er machte ein paar schnelle Schritte.

»Emma?« Sie kauerte in der hintersten Ecke. Er ging in die Hocke und legte die Waffe neben sich auf den Boden. Jemand hatte ihr einen Lappen in den Mund gesteckt und ihre Hände und Füße gefesselt.

Sie zitterte.

Er befreite sie von dem Knebel. Etwas Blut klebte an ihrer Lippe.

»Was ist passiert?«, fragte Kilian, durchtrennte die Kordeln mit einem Taschenmesser und legte ihr seinen Mantel über die Schultern.

»Das war Bent.« Es überraschte ihn ein wenig, dass ihr die Worte so leicht und klar über die Lippen kamen. Er wusste nicht, was passiert war, aber sie hatte nicht geweint.

»Ist er noch hier?« Sie nickte nur. Er half ihr aufzustehen, führte sie um die Theke herum zur Tür.

»Mein Wagen steht auf der anderen Straßenseite. Ich möchte, dass du dich hineinsetzt und die Türen von innen verriegelst«, sprach er auf sie ein, drückte ihr den Schlüssel in die Hand und schob sie in die Nacht hinaus. Ihre Schritte wirkten etwas wackelig, aber sie blickte nicht zurück. Sehr gut.

Er drehte sich um und begegnete Bents Blick. Er stand so plötzlich im Türrahmen, als wäre er geradewegs in diese Welt gestolpert. Der Blick des Jungen huschte in die Ecke, wo eben noch Emma gehockt hatte.

»Sie ist weg«, knurrte Kilian.

»Das ist das zweite Mal, dass du mir für eine Nummer mit der wilden Schönheit im Wege stehst«, stellte Bent fest. Das Messer in der Hand dieses Verbrechers entging Kilian nicht, auch wenn der Blondschopf es gut zu verbergen wusste.

»Sie hat kein Interesse an dir«, gab Kilian kühl zurück und entdeckte einen provisorischen Verband an Bents rechter Hand. Vielleicht hatte er sich an den Scherben geschnitten. Schon beim letzten Mal hatte Emma ihn mit ihren Schuhen beworfen. Wahrscheinlich waren die Flaschen das naheliegendste gewesen.

»Mir egal. Ich sehe gut aus. Sie soll sich nicht zieren. Wärst du nicht aufgetaucht, hätte ich der Kleinen meinen Schwanz überall reingesteckt. Bei dir hat die Schlampe ja auch kein

Problem damit«, feixte Bent. Kilian musste sich beherrschen, nicht auf ihn einzuprügeln. Es würde nur Ärger geben und am Ende würde Christian Bell ihn womöglich nach Kanada versetzen lassen.

»Was hast du ihr angetan?«

»Ich habe nur versucht, sie etwas zu zähmen, aber sie ist ziemlich bissig«, meinte Bent achselzuckend. Kilian machte einen Schritt auf ihn zu.

»Ich habe dich einmal gewarnt. Dies ist deine zweite Verwarnung. Eine Dritte wird es nicht geben«, drohte er leise. Bent lächelte und machte ebenfalls einen Schritt nach vorne, sodass sie nur noch knapp einen Meter voneinander entfernt standen.

»Was willst du tun? Mich umboxen?« Bent hob sein Messer in Kilians Blickfeld, als wollte er ihm damit seine Stärke beweisen. Hätte die Situation ihn nicht so wütend gemacht, hätte Kilian ihn ausgelacht.

Es war ein Leichtes, seinem Gegenüber eine so lächerliche Waffe abzunehmen, zumal Bent wenig Ahnung von Angriffen zu haben schien.

»Wenn du dich ihr noch einmal näherst, puste ich dir das Hirn weg«, flüsterte Kilian nur, hob kurz seine Pistole auf Bents Augenhöhe und verstaute sie demonstrativ in der Innenseite seines Mantels, bevor er sich zur Tür wandte.

»An deiner Stelle würde ich hier aufräumen. Dein Onkel wäre sicher nicht begeistert von dem Chaos«, rief er über die Schulter und das Letzte, was er von Bent sah, war der wütende Gesichtsausdruck.

Wenn das mal kein Nachspiel gab, schoss es ihm durch den Kopf. Aber in diesem Augenblick interessierte es ihn reichlich wenig. Er würde sich jetzt um Emma kümmern.

Er überquerte die Straße. Beruhigt stellte er fest, dass sie seiner Aufforderung nachgekommen war. Emma hockte auf dem Beifahrersitz seines Autos. Sie hatte die Beine auf dem Sitz angewinkelt und ihre Arme um die Knie geschlungen. Ihr Gesicht konnte er im Schatten nicht erkennen.

Vorsichtig klopfte er an die Scheibe der Fahrertür, woraufhin sie sich herüberbeugte und das Schloss entriegelte. Nach einer Sekunde des Zögerns stieg er ein und startete wortlos den Motor.

Aus den Augenwinkeln bemerkte er die feine glänzende Spur auf ihrer Wange. Sie hatte doch ein paar Tränen geweint, still und heimlich, während sie im Wagen gewartet hatte.

Er wusste nicht genau was er sagen sollte, aber da sie keine Anstalten machte zuerst zu sprechen ergriff er das Wort.

»Hat Gustav dich den ganzen Abend mit Bent alleine gelassen?« Seine Stimme war gerade laut genug, als dass man sie über das Brummen hinweg verstehen konnte. Es gelang ihm nicht ganz, seine Wut zu unterdrücken. Eigentlich hatte er den Wirt bisher als sehr vernünftig eingeschätzt. Er achtete auf die Mädchen und sorgte dafür, dass sie in geschützter Umgebung arbeiten konnten. Emma mit Bent alleine zu lassen, nachdem dieser sie schon einmal bedrängt hatte, war unverantwortlich.

Sie schüttelte den Kopf.

»Wir sind zusammen raus und Bent sollte den Laden abschließen. Ich bin nochmal zurück, weil mein Schlüssel fehlte. Der Scheißkerl hat ihn aus meiner Tasche geklaut und schon auf mich gewartet. Das hat er selbst zugegeben.«

»Willst du darüber reden?«, hakte er nach.

»Zuerst muss ich mich bei dir entschuldigen«, murmelte sie. Er lachte.

»Unwichtig, Emma«, entschied er. Wen interessierte schon, ob sie ihn stehen gelassen hatte. Ein kleiner Streit - falls es das überhaupt gewesen war, immerhin hatte sie ihn aus heiterem Himmel angeschrieen - sagte nichts über die Beziehung zwischen zwei Menschen aus. So schnell gab er nicht auf, was er in ihr gefunden hatte.

»Bist du verletzt? Soll ich dich zu einem Arzt fahren?« Er bot es an, obwohl er die Antwort kannte. Emma war nicht der Typ Mensch, der wegen einer Kleinigkeit ins Krankenhaus ging. Da musste schon mehr kommen.

»Nein, danke. Da war ich heute Morgen erst«, brummte sie missmutig.

»Wieso das?«

»Ich habe mir den kleinen Finger verstaucht, als ich Toni die Backpfeife verpasst habe.«

»Wenn du willst, zeige ich dir, wie man zuschlägt, ohne sich selbst zu verletzen. Dann kannst du ihn nochmal verhauen. Allerdings glaube ich nicht, dass du es bei deinem geübten Wurfarm allzu oft brauchen wirst.« Er bemerkte den Ansatz des kleinen Lächelns auf ihrem Gesicht, bevor es wieder verschwand.

Er parkte das Auto am Straßenrand. Viel zu schnell waren sie an ihrer Wohnung angelangt. Natürlich hätte er sie lieber mit zu sich genommen, aber das wäre falsch gewesen und sie hätte es negativ auffassen können.

Trotzdem, er wollte sie noch nicht gehen lassen, hatte unzählige Fragen und wünschte sich, sie halten zu dürfen.

Er wollte ihren Schmerz fort wischen, sie umarmen. Er war nicht gut im Trösten, aber er wollte es lernen.

Dass Emma nicht haltlos weinte, machte es ihm irgendwie leichter.

»Lässt du mich jetzt alleine?« Zum ersten Mal hörte er so etwas wie Angst. Es erschreckte ihn mehr, als ihr Anblick in der Bar.

»Das ist ganz allein deine Entscheidung, Emma.« Der Klang ihres Namens lag in der Luft, wie das sanfte Flattern von Feenflügeln. Sie legte eine Hand an den Türgriff. Der kleine Finger war geschwollen, das erkannte er selbst in dem schwachen Licht, ebenso wie die roten Striemen von den Fesseln an ihren Handgelenken.

»Wenn du gehst, werde ich erneut kein Auge zukriegen«, flüsterte sie. Diese Antwort reichte ihm. Er stieg aus und ging um das Auto herum. Wie immer war sie schneller und stand bereits auf dem Bürgersteig.

Vor der Haustür blieb sie stehen.

»Mein Schlüssel liegt noch in der Bar.« Sie vergrub das Gesicht in den Händen. Er schob sie sacht beiseite und zückte erneut den Dietrich.

»Morgen früh lassen wir direkt das Schloss an deiner Wohnung auswechseln und für die Haustür fällt uns auch etwas ein.« Er ließ ihr den Vortritt.

»Dafür habe ich oben einen Zweitschlüssel«, flüsterte sie im Treppenhaus. Er nickte stumm.

»So leicht kommt man in meine Wohnung?«, erkundigte sie sich, sobald die Tür ins Schloss gefallen war und sie das Licht eingeschaltet hatte.

»Mit dem richtigen Werkzeug«, gab er nur zurück. Emma nickte verstehend.

»Möchtest du, dass ich dir ein Bad einlasse? Ich warte dann hier auf dich«, bot er an. Sie schüttelte den Kopf.

»Ich werde schnell meine Zähne putzen und mich kurz waschen. Wenn du Hunger hast, kannst du dich am Kühlschrank bedienen. Ich habe noch etwas von Gestern übrig«, sagte sie, bevor sie im Bad verschwand. Er zog die Schuhe aus, fuhr sich mit der Hand durch die Haare und über das Gesicht.

Unter all den Möglichkeiten, die er den ganzen Tag über in seinem Kopf durchgegangen war, hatte es keine gegeben, in der Emma einer Gefahr ausgesetzt gewesen war.

So leicht war ein vermeintlich ernster Streitpunkt nichts weiter, als eine blasse Erinnerung.

Er streifte sich die Socken von den Füßen und legte das Jackett ab. Aus dem Nachttisch holte er ein paar Kerzen und zündete sie an, bevor er den Lichtschalter neben der Wohnungstür betätigte - nicht ohne vorher die kleine Eisenkette einzuhängen. Vor Eindringlingen schützte es sicher nicht, aber vielleicht würde Emma sich etwas geborgener fühlen.

Das Flackern des kleinen Feuers beruhigte ihn. Er verabscheute künstliches Licht. Es stach in den Augen und brannte im Kopf.

Er setzte sich an den winzigen Esstisch und strich mit den Fingern über das Buch, welches Emma wohl zuletzt gelesen und liegen gelassen hatte. In dieser sonst so akribisch aufgeräumten Wohnung, wirkte es irgendwie fehl am Platz.

Sie kehrte wirklich schnell zurück.

Wortlos ging sie zur Kommode, zog sich bis auf die Unterhose aus, um sich anschließend ein weites T-shirt überzuwerfen.

»Du weißt, dass ich dich nicht gebeten habe zu bleiben, damit du die Nacht auf diesem Stuhl hockst wie ein Wachhund«, sprach sie deutlich und schob die nackten Zehen unter die Wolldecke.

Er erhob sich. Natürlich war er sich dessen bewusst und dennoch hatte er darauf warten wollen, dass sie es sagte, bevor er sich erhob und zu ihr ans Bett trat. Herausfordernd starrte sie ihn mit diesem Blick an, als wollte sie sagen: *Mit dieser Kleidung kommst du nicht in mein Bett.*

Mit leisem Seufzer zog er die Hose aus, legte sie gefaltet auf den Boden, knöpfte sein Hemd auf und hängte es an die Garderobe. Eine Alternative gab es ja nicht.

Auffordernd hob sie die Decke an und er schlüpfte darunter.

Ihr berauschender Duft empfing ihn und obwohl er wusste, wie unpassend es in der aktuellen Situation war, konnte er nicht anders, als festzustellen, wie heiß sie war. Ihr halbnackter Körper so dicht an seinem, ließ ihn hart werden. Doch er war nicht geblieben, um mit ihr zu schlafen. Er wollte für sie da sein.

»Wie fühlst du dich?«, fragte er und ließ es zu, dass sie ihren Kopf auf seine Schulter legte. Er ging sogar soweit, dass er seine Hand an ihrer Taille platzierte.

»Sicher«, war alles, was sie sagte. Kurz darauf war sie eingeschlafen und auch ihn holte die Müdigkeit.

Gegen zwei Uhr Nachts setzte Emma sich ruckartig auf. Er strich ihr behutsam über den Rücken und noch bevor er etwas sagen konnte, küsste sie ihn. Er hatte es nicht kommen gesehen und wurde überrascht, von der Heftigkeit mit welcher sie sich auf ihn gestürzt hatte.

»Danke, dass du mich da rausgeholt hast«, wisperte sie, rollte sich auf die Seite und versank erneut im Schlaf. Er legte einen Arm um ihren Körper und rückte so nah an sie heran, dass er das Heben und Senken ihrer Atmung an seiner Brust spürte.

Als er zum zweiten Mal aufwachte, war es hell draußen. Emma schlief noch, weshalb er versuchte möglichst leise aufzustehen.

»Musst du schon gehen?«, hörte er ihr leises Flüstern.

»Nur zur Toilette«, beruhigte er sie und lächelte.

Das Badezimmer war im Vergleich zur restlichen Wohnung recht geräumig und komfortabel eingerichtet. Er wusch sich gerade Gesicht und Hände, als Emma hereinkam.

»Jetzt würde ich gerne Baden gehen«, meinte sie und ließ das Wasser an. Im Spiegel beobachtete er, wie sie sich entkleidete und in die Wanne stieg.

»Soll ich dir Frühstück machen?«, bot er an und versuchte nicht unentwegt auf ihre Brüste zu starren.

Emma schüttelte den Kopf.

»Bitte bleib.« Sie streckte ihm eine Hand entgegen. Seufzend setzte er sich auf das kleine Höckerchen neben der Wanne. Heute hatte sie sich scheinbar vorgenommen, es ihm besonders schwer zu machen.

Er nahm ihr den Schwamm aus der Hand, tauchte ihn in das heiße Wasser und strich ihr über den Rücken.

»Joanne hat meine Mutter angerufen und ihr erzählt, dass Jillian ein paar Tage bei mir war«, fing Emma an zu erzählen. »Sie war völlig aufgelöst, ist daraufhin zusammengebrochen. Sie haben einen Arzt kommen lassen, weil sie nicht mehr ansprechbar war. Jakob war stinksauer, hat mich ununterbrochen angeschrien. Wenn er gekonnt hätte, wäre er durch das Telefon gekommen. Er macht mich dafür verantwortlich, was mit meiner Mutter passiert ist.«

Kilian erinnerte sich daran, dass Jan gesagt hatte, er hätte mitbekommen, wie Emma am Abend des Streites kurz zuvor telefoniert hatte.

»Und Toni … dieses Schwein. Weißt du, was er getan hat? Er hat heimlich eine Überwachungskamera in der Bar angebracht.« Sie schnaubte empört.

»Du meinst?«, setzte er zu einer Frage an und dachte an die Nacht, in der sie sich geliebt hatten. Eine Kamera hätte ihm auffallen sollen. Ein dummer Fehler.

»Ja, ganz genau! Er hat alles aufgezeichnet und es sich angesehen.«

Kilian seufzte.

»Wieso hat er das getan?«

»Weil er ein kranker Mistkerl ist? Ich habe ihn nicht gefragt.«

Natürlich nicht, dachte er. *Stattdessen hatte sie ein paar Teller nach ihm geworfen und ihm ins Gesicht geschlagen. Verdient hatte er es!*

»Und weil er zu feige war selbst zur Arbeit zu erscheinen, wenn sein Papi da ist, hat er Bent gebeten für ihn einzuspringen.«

»Was hat Bent getan?«, fragte er vorsichtig. Sie schnaubte leise.

»Der ist mindestens genauso gestört, wie sein Cousin. Dieser Schwächling wollte, dass ich ihm einen blase. Ich habe ihm gedroht, dass ich ihm den Schwanz abbeiße. Das wollte er wohl nicht riskieren, weshalb er meinte, er könne sich anders bedienen. Also habe ich ihm in die Hand gebissen, während er mir den Mund zuhalten wollte und gleichzeitig versucht hat unter mein Kleid zu greifen. Daraufhin ist er verschwunden, um sich einen Verband zu holen.«

»Du hast ihn gebissen?«

»Meinst du, ich hätte Lust darauf, mich von diesem Schmierlappen anfassen zu lassen? Natürlich habe ich ihn gebissen. Nachdem er mir die Hände auf dem Rücken zusammengeschnürt hatte, konnte ich ja nichts mehr nach ihm werfen.«

»Die Meisten würden in dieser Situation nicht so überlegt handeln«, gab er beeindruckt zurück.

»Ich bin nicht auf den Mund gefallen und vielleicht hatte die Zeit, welche ich mit David und seiner blöden Rockerbande verbracht habe auch ihr Gutes. Da lernt man sich durchzusetzen.«

»Du hast den kompletten Montag frei, oder?«

»Ja«, sagte sie zögerlich.

»Gut. Gleich nach dem Frühstück gehen wir zur Polizei und du zeigst ihn an!«

»Unnötig, er wird sich nicht trauen, nochmal hier aufzutauchen«, wehrte sie ab.

»Du erstattest Anzeige, Emma! Täter kehren immer zurück.«

Kapitel 7

„Sehnsucht und Heimweh“

---Rückblickend, Montag 29. Oktober, Paris---

»Wach auf Kilian. Man hat sie gefunden«, weckte Patrick ihn am Morgen.

»Wie spät ist es?«

»Gleich sechs.« Patrick warf sich bereits die Jacke über. Das war kein gutes Zeichen.

»Will ich es wissen?« Er setzte sich auf die Bettkante und strich sich den Schlaf aus dem Gesicht.

»Sie ist tot. Ein Spaziergänger hat sie erdrosselt im Straßengraben gefunden. Eigentlich hat sein Hund sie gefunden.«

Er seufzte. Das war die beschissenste Art in einen Tag zu starten.

»Wenn das so weitergeht, kann ich diesen Job nicht mehr lange machen«, hörte er Patrick flüstern. Kilian hob den Kopf und sah ihn an.

»Wer tötet eine Zwölfjährige? Das ist nicht normal, Kilian. Meine Arbeit ist es Umbrianer auf der Erde zu begleiten. Da sollte es keine getöteten Mädchen geben.«

»Weiß man schon, wer es getan hat?«

»Der Junge mit dem sie zusammen abgehauen ist. Er ist auch erst sechzehn, hat die Tat direkt gestanden. Die Polizei sagte, es gäbe keine Zweifel.«

»Großartig«, seufzte Kilian und erhob sich.

»Was sagt Bell dazu?«, erkundigte er sich und schlüpfte in seine Hose. Patrick verzog das Gesicht.

»Ehrlich gesagt hatte ich gehofft, du würdest ihn anrufen.«

Kilian lachte kurz. Er wusste wie ungern Patrick telefonierte und schlechte Nachrichten übermittelte.

»Okay, gib mir das Telefon«, willigte Kilian ein.

Die Nummer kannte er auswendig. Solche Dinge hatte er sich von Anfang an gut merken können.

»Guten Morgen, Piroz. Hier spricht Kilian«, meldete er sich.

»Wie passend. Warte kurz, ich hole den Chef ans Telefon. Er ist in einer Besprechung.«

»Nein, warte. Ich kann die Infos auch an dich weitergeben«, beeilte er sich zu sagen. Es war nie klug, unangekündigt in eine von Bells Besprechungen reinzuplatzen und schon gar nicht mit solchen Nachrichten.

»Nein, er sagte ohnehin ich solle versuchen dich zu erreichen und umgehend durchstellen. Ich denke, er hat wichtige Dinge mit dir persönlich zu besprechen, immerhin lässt er dafür einen König sitzen«, hörte er Piroz noch sagen, bevor Stille eintrat. Rauschen und Knistern.

»Alles Okay?«, fragte Patrick flüsternd. Kilian zuckte ratlos mit den Schultern.

»Kilian, mein Freund, wie schön von dir zu hören. Es wird Zeit, dass du uns wieder besuchst. Wir haben eine Menge zu besprechen«, hörte er die Stimme von Christian Bell.

»Guten Morgen, verzeihen Sie die Störung«, begann Kilian.

»Keineswegs. Also, weshalb rufst du erst jetzt an? Ein Treffen ist längst überfällig«, erinnerte Bell ihn. Normalerweise bestand er darauf, Vertragsbedingungen spätestens alle fünf Jahre zu bedenken und gegebenenfalls anzupassen. Demnach hätte Kilian sich schon vor vier Wochen melden müssen.

Er wusste selbst nicht, weshalb er es nicht getan hatte. Vielleicht weil er nicht wusste, wie es weitergehen sollte. Was war sein Ziel im Leben?

»Kilian?«

»Verzeihung. Nein, ich rufe an, weil es eine schlechte

Wendung im Fall Moreau gibt. Sie haben das Mädchen tot aufgefunden«, berichtete er. Ein unterdrücktes Fluchen drang durch die Leitung.

»Vielen Dank, dass du angerufen hast. Ich werde mich um alles kümmern. Am Besten ihr macht euch direkt auf den Heimweg«, wies Bell ihn an. »Und noch etwas. Anfang nächsten Jahres habe ich geschäftlich in Deutschland zu tun. Ich möchte, dass du uns besuchst, Kilian!«

»Selbstverständlich«, versprach dieser rasch.

---Montag 12. November---

Musik drang aus dem inneren der Wohnung und er musste dreimal klingeln, bevor sie die Tür öffnete - nur einen schmalen Spalt breit.

»Oh«, machte sie. »Ich dachte, du müsstest arbeiten.«

»Du sagtest, ich dürfte dich abholen, wenn meine Schicht beendet ist«, lächelte er. Sie blickte auf die Uhr, noch immer halb verborgen im Schatten.

»Ist das Farbe?« Er griff nach einer ihrer Haarsträhnen. Gelb.

Sie biss sich auf die Lippe.

»Moment.« Sie verschwand im Inneren. Unaufgefordert betrat er die Wohnung. Er wollte zu dieser späten Stunde nicht unnötig lang auf dem Flur stehen und womöglich die Nachbarn wecken, falls diese nicht längst durch die Musik wach geworden waren.

Normalerweise war Emmas Wohnung stets aufgeräumt und sauber. Jetzt standen überall Leinwände herum, beinahe wäre er über einen kleinen Farbeimer gestolpert. *Wo hatte sie all die Sachen aufbewahrt?*

Bei seinen letzten Besuchen war ihm nichts aufgefallen und bis auf das Badezimmer gab es keinen weiteren Raum.

Er schloss die Wohnungstür und schritt auf das Bad zu, indem sie offenbar verschwunden war. Zumindest war nirgends sonst eine Spur von ihr.

»Emma?«

Sie stolperte in ihn hinein - knapp bekleidet - nur in Unterwäsche. Er hielt sie gerade rechtzeitig fest, bevor sie fiel. Ihre warme, weiche Haut und ihr vertrauter Duft lösten augenblicklich den Wunsch in ihm aus, sie zu küssen.

»Du kannst doch nicht einfach so reinkommen«, merkte sie an.

»Kann ich nicht?« Er verkniff sich ein Grinsen. Ihre Haare waren zum Teil nass. Scheinbar hatte sie eilig versucht die Farbe heraus zu waschen. Er strich mit dem Daumen über ihren Wangenknochen. Hier waren die Sprenkel bereits angetrocknet.

»Hast du gemalt oder in einer Schlacht gekämpft?«, ärgerte er sie. Bevor sie ihm eine vermutlich kesse Antwort geben konnte, zog er ihr Gesicht heran und legte seine Lippen auf ihre.

»Kunst ist Leidenschaft. Wenn ich male, muss ich darin versinken«, meinte sie.

»Ja, das sehe ich«, grinste er. Am Hals entdeckte er weitere Spuren.

»Dein BH hat auch etwas abgekriegt.« Er deutete auf den Träger.

»Du wartest hier!«, entschied sie streng und verschwand im Badezimmer. Seufzend setzte er sich auf das Bett und versuchte möglichst die Gedanken daran loszuwerden, wie sie sich hinter dieser Tür entkleidete.

Es kostete ihn einiges an Überwindung, ihr nicht nachzugehen, aber er wollte sie nicht verärgern. Stattdessen besann er sich darauf, ihre Bilder zu betrachten.

Es waren schöne Zeichnungen und er fragte sich, weshalb sie es bisher vor ihm verborgen hatte.

Sie hatte ihm lediglich von der Kunsthochschule erzählt und es tat ihm leid, dass sie den Anmeldezeitraum für dieses Jahr verpasst hatte.

Eines der Bilder zeigte einen schneebedeckten Wald, der ihn für einen Moment schmerzlich an die Wälder Umbrias erinnerte.

Eng in ein Handtuch geschlungen, kam Emma aus dem Bad. Sie öffnete die oberste Schublade der Kommode und griff hinein.

»Vielleicht sollte ich zuerst prüfen, ob du jeden Farbklecks erwischt hast«, bot er an.

»Herr Falkner«, schimpfte sie wenig ernst.

»Komm, lass uns ausgehen.«

»Ausgehen? Zu dieser Zeit?« Erneut huschten ihre Augen zu der goldenen Uhr an ihrem Handgelenk.

»Was hältst du von einem romantischen Nachtspaziergang am See?«

»Es ist ganz schön spät«, erinnerte sie ihn.

»Deshalb auch Nachtspaziergang«, versuchte er es weiter.

»Möchtest du nicht doch lieber prüfen, ob ich alle Flecken gefunden habe?«, erkundigte sie sich hoffnungsvoll.

Er lachte.

»Es wird dich auf andere Gedanken bringen und solange ich da bin, musst du keine Angst haben.«

»Ich habe keine Angst«, gab sie zurück, straffte die Schultern und hob das Kinn.

Sie fuhren ungefähr zwanzig Minuten mit dem Auto bis zum See.

Draußen war es kalt und der Geruch nach Schnee hing in der Luft. Jeder Umbrianer spürte diesen Wetterumschwung auf der Erde. Christian Bell hatte sie gewarnt, dass der Winter in diesem Jahr besonders extrem werden würde. Offenbar war einer der jungen Eisdrachen irgendwie in diese Welt gelangt und bisher war es niemandem gelungen, ihn wieder einzufangen. Solange er noch klein war und fliegen konnte, würde er den Menschen wenigstens nicht auffallen. Allerdings war er so auch schwieriger zu fangen.

Er warf einen Blick zum Himmel.

»Was würdest du tun, wenn dir plötzlich ein weißer Drache begegnet?«, fragte er. Emma kicherte.

»Ich weiß nicht? Ihm etwas zu Essen anbieten vielleicht?«

»Hättest du keine Angst?«, wollte er wissen.

»Wieso? Sind sie gefährlich?«

»Nein, aber mächtig.«

»Könnte ich mich mit ihnen unterhalten?«, erkundigte sie sich weiter.

Er nickte.

»Dann würde ich ihn fragen, ob ich ihm helfen kann, nach

Hause zu kommen. Er wäre sicher nicht allzu glücklich an diesem Ort.«

»Da hast du vermutlich recht.« Drachen brauchten andere Drachen. Nur die wenigsten von ihnen konnten die Menschen überhaupt leiden. Diese Feindseligkeit hatte es schon immer gegeben und kaum einer hatte versucht, etwas daran zu ändern.

»Erzähl mir etwas über deine Welt«, bat sie und griff nach seiner Hand.

»Was möchtest du denn wissen?«

»Welche Lebewesen gibt es dort, abgesehen von Drachen, Feen und Menschen?«

»Das lässt sich gar nicht so leicht beantworten, da die Artenvielfalt ähnlich komplex ist, wie auf der Erde. Den Menschen am ähnlichsten sind die Elfen. Der Großteil lebt unter sich, aber einige Wenige haben sich mit uns zusammengetan und vermischt.«

»Gibt es auch Zwerge, Einhörner oder Hexen, so wie im Märchen?« Die Aufregung in ihrer Stimme erinnerte ihn an Jens, wenn dieser Kilian erzählte, was er auf Umbria erlebt hatte.

»Nein, aber es gibt Dinge, die ihr durchaus als Hexerei bezeichnen würdet.«

»Und kannst du auch irgendetwas besonderes?«, fragte sie weiter.

»Nein, ich bin ganz normal und langweilig«, gab er zu.

»Ich würde nicht behaupten, dass du langweilig bist.«

Er lachte.

»Dann bist du nicht enttäuscht?«, scherzte er.

»Eher erleichtert«, meinte sie. »Andernfalls müsste ich mir vielleicht Sorgen machen, dich nicht lange begeistern zu können.«

»Glaub mir, du hältst mich mit deinen verrückten Ideen genug auf Trab«, gab er ihr zu verstehen.

»Wo du gerade davon sprichst … Sandra hat mich überredet mit ihr und Jan auf dieses Konzert in Stuttgart zu fahren«, berichtete Emma.

»Und das heißt?«, hakte er nach.

»Ich hatte gehofft, du würdest mich begleiten, dann würde es vielleicht nicht ganz so furchtbar werden«, offenbarte sie.

»Ein Konzert?«

»Ich weiß, aber was soll ich tun? Sie zwingt mich«, stöhnte Emma.

»Wirf doch einfach mit Gegenständen nach ihr«, scherzte er. Sie kicherte.

»Sie ist meine beste Freundin und außerdem wird sie bald für immer wegziehen. Ich schulde es ihr. Zwar wäre mir ein Kinobesuch lieber … wobei selbst dort zu viele Menschen sind.«

»Es gibt auch kleine Kinos«, überlegte Kilian.

»Hmm«, brummte Emma. »Ein Autokino wäre vielleicht in Ordnung.«

»Was ist das?«, fragte er interessiert.

»Man fährt mit dem Auto auf einen großen Parkplatz und schaut sich einen Film auf großer Leinwand an, vom Wagen aus«, erklärte sie.

»Das klingt spannend. Schlag es ihr als Alternative vor.«

»In Deutschland gibt es nur ein einziges Autokino und das ist in Frankfurt, außerdem geht es um ihre Lieblingsband. Da werde ich sie kaum von abbringen können«, bedauerte sie.

»Wie du meinst, dann gehen wir eben auf ein Konzert, auch wenn ich glaube, dass diese Kino im Auto Sache mehr Freude machen würde.«

Kapitel 8

„Unschöne Begegnung“

Das Konzert sollte gegen Nachmittag in Stuttgart stattfinden, weshalb sie bereits nach dem Frühstück aufbrachen. Jan hatte angeboten zu fahren und aus Höflichkeit war Kilian darauf eingegangen. Wenn es ums Autofahren ging, vertraute er grundsätzlich nur sich selbst, aber Sandras Verlobter schien ein vernünftiger Mensch zu sein und war stets darauf bedacht jegliche Vorschriften zu bewahren. Demnach ging Kilian davon aus, dass es auf der Straße ähnlich war.

Während der Fahrt stellte Kilian fest, dass es einen weiteren entscheidenden Vorteil gab, sich nicht selbst auf den Verkehr konzentrieren zu müssen. Hinten auf der Rückbank, neben Emma, konnte er die Fahrt sogar fast genießen.

Die Stimmung war ausgelassen und obwohl irgendetwas im Radio lief, sangen Emma und Sandra lauthals ihm unbekannte Lieder. Jan schien sich nicht im geringsten daran zu stören.

»Meintest du nicht, Sandra zwingt dich mit auf das Konzert zu gehen und es wäre nicht zum aushalten? Mir kommt es so vor, als hättest du Spaß. Oder war das nur ein Vorwand, mich mitzuschleifen?«, fragte Kilian, als Jan ausstieg, um den Wagen zu tanken und Sandra davon eilte, um zur Toilette zu gehen.

»Ich versuche das Beste daraus zu machen und außerdem sagte ich, wenn du nicht mitkommst, wird es ganz furchtbar. Du bist hier, richtig?«

»Richtig.«

»Gut, dann kann es nicht so schlimm werden«, scherzte Emma und küsste ihn.

»Hey, auf der Rückbank ist Knutschen verboten«, merkte Sandra an, die soeben ans Auto zurückgekehrt war.

»Ach, lass sie doch«, meinte Jan und schwang sich hinter das Lenkrad. »Steig ein. In einer halben Stunde sollten wir am Ziel sein.«

»Uhhh, ja«, quietschte Sandra und setzte sich eilig auf ihren Platz.

Unterdessen legte Emma sich auf den Sitz und platzierte ihren Kopf auf seinem Schoß. Es wirkte etwas unbequem, angesichts des Platzmangels, aber es schien sie nicht zu stören.

Die Straßen waren frei und so brauchten sie nicht einmal zwanzig Minuten, bis sie an dem großen Parkplatz eintrafen. Vor Ort jedoch dauerte es eine Ewigkeit, bis sie das Auto endlich abstellen konnten.

Die Menschenmassen waren gewaltig und Kilian fragte sich, wie all die Leute in die Halle passen sollten.

Drinnen angekommen, erhielt er die Antwort.

Eng aneinander gequetscht standen sie inmitten von Körpern und es blieb einem nichts anderes übrig, als dem Strom zu folgen. Kilian verstand nichts von Musik und schon gar nicht wusste er, den Namen der Gruppe, welche der Auslöser für diese Ansammlung von Menschen war.

Erleichtert stellte er fest, dass es nach einigen Metern besser wurde und er sich zumindest wieder bewegen konnte, ohne jemandem seinen Ellbogen in die Rippen zu drücken oder nicht zu wissen, ob sein Fuß der Obere oder der Untere war.

Kaum hatten sie diesen annehmbaren Standort erreicht, kam Sandra auf die Idee Getränke organisieren zu müssen und schleifte Jan zurück durch die Massen.

»Verstehst du jetzt, warum ich Sorge hatte, dass es schrecklich werden könnte? Diese ganzen schwitzenden Menschen auf einem Fleck und man versteht sein eigenes Wort kaum«, merkte Emma an. Er lachte.

»Ich verstehe dich ganz normal.«

»Noch! Warte ab, bis es los geht.«

»So viel lauter, als vorhin im Auto kann es kaum werden«, ärgerte er sie und zog sie in seine Arme. Emma grummelte leise, wehrte sich aber nicht, als er sie küsste.

»Bastian?«, hörte er eine Stimme hinter sich.

»Das ist wirklich der Ort, wo ich dich am allerwenigsten erwartet hätte.«

Mehr als widerwillig löste er sich von Emma und wandte sich um.

»Hallo Chloé«, grüßte er sie tonlos. Auf eine solche Konfrontation hätte er verzichten können. Zu allem Überfluss warf sie sich ihm direkt an den Hals und umarmte ihn mit einem für ihre Kultur üblichen Küsschen links, Küsschen rechts, als seien sie gute Freunde.

»Was für eine Freude, dir erneut über den Weg zu laufen. Als hätte das Schicksal es so gewollt«, strahlte sie.

Kommentarlos schob Kilian sie auf Abstand und zog stattdessen Emma in seinen Arm.

Bevor er einen klugen Einfall hatte, wie er die Situation so wenig unangenehm wie möglich machen konnte, streckte Emma seiner Exfreundin bereits ihre Hand entgegen.

»Hi, ich bin Emma, die zukünftige Frau von Bastian und sie sind?«

Chloé starrte sie einen Moment verdutzt an. Ihr Deutsch war nicht das schlechteste, aber sicher glaubte sie sich verhört zu haben.

»Ähm«, machte sie nur und ergriff wie in Trance Emmas Hand.

»Chloé. Sicher hat Bastian mich mal erwähnt«, sagte sie, sobald sie sich wieder gefangen hatte. Emma zuckte mit den

Schultern.

»Kann sein«, log sie.

Er hatte nicht ein Wort über seine Exfreundin verloren. Wieso auch? Er hatte keinen Kontakt zu dieser Frau und wollte daran auch nichts ändern.

»Ich sehe keinen Ring«, stellte Chloé fest und verschränkte die Arme. Diese Spitzfindigkeit war vermutlich das einzige Talent, welches sie besaß und während Kilian fieberhaft überlegte, wie sie aus dieser Sache herauskommen sollten, schien es für Emma ein Kinderspiel zu sein. Sie lachte.

»Auf diesen Konzerten klauen sie dir selbst die Intimpiercings, wenn du sie nicht festklebst. Da riskiere ich es doch nicht meinen Ring zu verlieren.«

Bei Chloés jetzt völlig entgleisten Gesichtsausdruck wäre er am Liebsten in schallendes Gelächter ausgebrochen, doch Kilian hielt sich zurück. Er begnügte sich damit seine Hand von Emmas Hüfte etwas tiefer gleiten zu lassen und ihr in den Po zu zwicken.

»Es war nett dich getroffen zu haben und jetzt entschuldige uns bitte, wir sind schließlich hier, um das Leben zu zweit zu genießen«, entschied Emma und drehte ihr den Rücken zu, indem sie die Arme um seinen Nacken schlang und ihm fordernd die Zunge zwischen die Lippen schob.

Bereitwillig öffnete er den Mund und zog sie fester in seine Arme. Als er irgendwann glaubte, keine Luft mehr zu kriegen, schob er sie sanft zurück.

Chloé war verschwunden. Ein Glück!

»Emma, du bist …«, fing er an, aber sie unterbrach ihn.

»Du wolltest doch, dass ich dir lästige Frauen vom Hals halte und diese machte den Eindruck, als wollte sie dich am Liebsten bespringen«, verteidigte sie sich. Kilian lachte.

»Da kommst du der Wahrheit schon recht nah«, gab er zu. »Eifersüchtig?«, hakte er vorsichtig nach.

»Du hättest mal deinen Blick sehen sollen. Wenn ich eifersüchtig werden soll, darfst du die Frauen nicht ansehen, als würdest du sie liebend gerne per Eilpost in die Antarktis schicken«, behauptete Emma. »Und liege ich richtig mit der Annahme, dass deine Exfreundin keine Ahnung hat, dass Bastian nur dein Deckname ist?«

»Erwischt«, gab er zu. »Du warst die Erste, der ich jemals meinen richtigen Namen genannt habe.«

»Ich muss unglaublich Vertrauenerweckend aussehen«, amüsierte sie sich.

»Oder du bist einfach so unwiderstehlich…« Der Rest seiner Worte ging in tosendem Lärm unter.

Die Band war auf die Bühne getreten und augenblicklich wurde es voller in dem Stehbereich um sie herum. Ein paar Sekunden später stießen Jan und Sandra zu ihnen. Letztere drückte Emma ein ihm unbekanntes Getränk in die Hand, welches die sogleich herunterkippte.

»Okay, haben wir Spaß«, rief Sandra gegen den Lärm an und Lachte.

Für Kilian war es ein leicht befremdliches Gefühl, zu sehen wie all diese jungen Erwachsenen regelrecht durchdrehten. Er selbst war stets bemüht gerade in der Öffentlichkeit einen vernünftigen und seriösen Eindruck zu hinterlassen. An diesem Ort interessierte sich niemand für diese Werte.

Er hatte es nicht für möglich gehalten, doch mit Beginn der Musik wurde es noch lauter. Sein dringliches Bedürfnis und der Versuch, sich die Hände auf die Ohren zu pressen, wurde davon vereitelt, dass Emma sich mit dem Rücken an seinen Oberkörper schmiegte. Ihrer stummen Aufforderung nachgehend, legte er seine Hände auf ihre Hüften und zog sie dichter heran.

Sie bewegte sich im Takt der Musik und rieb dabei mit ihrem Hintern über seinen Schwanz. Ihr Kopf lehnte seitlich an seiner Schulter. Die Augen hatte sie geschlossen. Als er sie auf die Stirn küsste, griff sie mit einer Hand nach hinten in seinen Nacken und zog ihn an ihre Lippen. Er schmeckte den Alkohol und nutzte die Tatsache, dass er sie noch immer am Becken gepackt hatte, um sie herumzudrehen.

Emma vergrub die Finger in seinen Haaren und streckte sich ihm entgegen. Die Musik war kaum mehr, als ein fortwährendes Wummern, während die Menschen um sie herum zu einer einheitlichen Masse verschwammen. Er legte eine Hand um ihren Oberschenkel und hob sie hoch. Sie schlang die Beine um seine Mitte und verschränkte sowohl die Handgelenke als auch ihre Füße in seinem Rücken. Mit der zweiten Hand glitt er unter ihren Rock und streifte die kühle Haut an ihrem Gesäß. Er verstärkte den Griff um ihre festen Pobacken. Ihre Form passte sich perfekt an seinen Körper an.

Emma drückte sich gegen seine Härte, rutschte leicht auf und ab und brachte ihn damit völlig um den Verstand.

Beinahe hätte er vergessen, dass sie keinesfalls alleine waren. Seine Finger bahnten sich bereits ihren Weg Richtung Unterwäsche.

»Holt ihr jetzt etwas zu Trinken, oder seid ihr nur mitgekommen, um rumzuknutschen?« Sandras Stimme brachte sie zurück auf den Boden, im wahrsten Sinne des Wortes. Emma rutschte zurück auf ihre Füße und strich sich die Haare aus dem Gesicht.

»Wir sind gleich zurück«, versprach sie, griff nach seiner Hand und zog ihn durch die tanzenden Fans hindurch.

Kaum einer achtete auf sie beide.

Kilians Puls raste noch immer und die Hitze in der Halle ließ ihn zusätzlich schwitzen. Statt auf die Theke, steuerte Emma auf eine Tür mit der aufschrift "Privat" zu, welche einen Spalt breit offen stand.

»Wo willst du hin?«, wollte er wissen, aber seine Worte gingen in dem Lärm unter.

Ein eisiger Wind empfing sie auf dem Flur. Die Musik wurde augenblicklich leiser.

»Wir dürften nicht hier sein. Wir kriegen mit Sicherheit riesigen Ärger, wenn uns jemand erwischt«, flüsterte er und sah sich nervös um.

»Dann lassen wir uns besser nicht erwischen«, grinste Emma und zog ihn links den Gang entlang. Die Türen auf der rechten Seite waren allesamt verschlossen.

»Was ist dein Plan?«, fragte er erneut, während sie eine Glastüre auf der gegenüberliegenden Seite aufdrückte, hinter der sich eine Treppe befand.

»Das Beste aus diesem Ausflug herausholen«, gab sie zurück und huschte die Stufen hinab.

Kilian musste sich beeilen, um Schritt zu halten. Sie ließ ihm kaum Zeit über die Folgen nachzudenken. Die nächste Klinke, welche sie herunterdrückte gab nach.

»Na das geht doch«, entschied sie, nachdem sie das Licht eingeschaltet hatte.

Der schwache Schein der einzelnen Glühbirne, offenbarte einen schmucklosen Aufenthaltsraum. Zwei schmale Kellerfenster knapp unter der niedrigen Decke waren das Einzige, was die kahlen Wände zierte. Der rote Teppichboden stand im starken Kontrast zu dem hellblauen Sofa, auf welches Emma jetzt zusteuerte.

Hier unten war die Musik kaum noch zu hören. Sie schob die Kissen beiseite und setzte sich. Bevor er sich richtig umsehen konnte, öffnete sie schon seine Hose und ließ den Stoff zu Boden gleiten.

»Hast du keine Sorge, dass jemand hereinkommen könnte?«, erkundigte er sich, stieg aus der Jeans und entledigte sich sogleich der Schuhe und Socken. Als sie nach dem Bund seiner Unterhose griff, fing er ihre Hände ein und hielt sie fest.

»Es wird niemand herein…«, fing sie an. Er erstickte weitere Worte in einem Kuss und tastete in ihrem Nacken nach dem Reißverschluss ihres Kleides. Hastig zog er sie aus, konnte es kaum erwarten, ihre Haut zu spüren, heiß und leicht geschwitzt. Er entkleidete sie bis auf ihre Schuhe - die Schnallen waren ihm zu kompliziert - drückte sie auf das Sofa und beugte sich über sie.

Emma keuchte und stülpte ihm das Oberteil über den Kopf. Er trug selten Shirts, aber ein Hemd war ihm nicht angemessen erschienen für eine solche Veranstaltung.

Ihre Zungen tanzten wild und ausgelassen.

Sie befreite ihn von seiner Hose und legte ihre Hände um seinen heißen Penis. Ihre Finger waren erstaunlich kühl und bereiteten ihm eine Gänsehaut.

»Weißt du, so furchtbar finde ich diese Konzerte gar nicht«, flüsterte er und schob sich zwischen ihre geöffneten Schenkel.

Heute hatten sie lange geschlafen und den ganzen Tag in seiner Wohnung verbracht. Er hatte gelesen und beobachtet, wie Emma versucht hatte einen der Drachen zu zeichnen, den sie in seinen Büchern entdeckt hatte. Irgendwann war sie auf die Idee gekommen Baden zu gehen.

Angesichts der Tatsache, dass es in seiner Wohnung lediglich kaltes Wasser gab, hatte sie es dann doch dabei belassen sich nur schnell die Haare zu waschen. Charly hatte ihnen etwas zu essen gebracht und sobald die Sonne untergegangen war, hatte Kilian ihr verraten, dass sie noch einen Ausflug machen würden.

»Was für ein Ausflug wird das? Du weißt, dass ich morgen arbeiten muss«, erinnerte sie ihn. Kilian lachte.

»Ich muss ebenfalls früh raus zur Arbeit. Keine Sorge, wenn du dich benimmst, wirst du um spätestens halb zwölf in deinem Bettchen liegen«, ärgerte er sie und öffnete ihr die Beifahrertür.

»Was soll das heißen?«

»Nur, dass du hin und wieder an ungewöhnlichen Orten auf die Idee kommst, über mich herzufallen und jetzt bitte anziehen«, meinte er und reichte ihr eine Augenbinde.

»Entführst du mich? Ist das die Rache dafür, dass ich dich überredet habe dieses Konzert mit mir zu besuchen?«, wollte sie wissen und stieg in den Wagen, wo sie sich die Augen verband.

Kilian schloss die Tür, um auf dem Fahrersitz Platz zu nehmen.

»So furchtbar war es nicht. Immerhin durfte ich Zeit mit dir verbringen«, meinte er gelassen und fuhr los.

»Sandra hat mich immer wieder gewarnt, dass ich eines Tages einem Serienmörder zum Opfer falle, aber ich hätte nicht gedacht, dass ich mich freiwillig verschleppen lasse.«

»Vertraust du mir nicht?«, schmunzelte er.

»Ich vertraue dir. Immerhin hattest du bereits genug Gelegenheit mich unauffällig verschwinden zu lassen, ohne dass jemand gewusst hätte, dass wir uns treffen. Du hast deine Chance verpasst, wenn du mich jetzt beseitigst, wird Sandra mich rächen«, überlegte Emma.

»Auf was für Gedanken du immer kommst.«

»Als Künstlerin braucht man eine rege Fantasie«, verteidigte sie sich.

»Die hast du, aber auch ich kann mir Dinge einfallen lassen.«

Kilian bog auf den kleinen Parkplatz ab und parkte den Wagen direkt vor der Leinwand. Den Besuch in einem richtigen Autokino hätte er nicht so spontan organisieren können und schon gar nicht, ohne Emma einzuweihen.

Selbst für diese Aktion hatte er einige Gefallen einfordern müssen. Am schwierigsten war es gewesen, an den Film zu kommen, aber er arbeitete nicht umsonst für einen der einflussreichsten Männer Umbrias, der sich auch auf der Erde längst einen Namen gemacht hatte.

»Darf ich jetzt endlich die Augenbinde abnehmen?«, wollte Emma ungeduldig wissen, sobald er den Motor abgestellt hatte.

»Du musst sogar, sonst wird das hier nicht funktionieren.«

Kilian beobachtete, wie Emma den Knoten löste und das Tuch abnahm. Als sie die Leinwand erblickte, weiteten sich ihre Augen überrascht.

»Ist das?«

»Ein Mini-Autokino nur für uns«, bestätigte er zufrieden.

»Okay, kannst du zaubern? Wie hast du das gemacht?«, wollte sie wissen. Er grinste.

»Ich habe gute Kontakte. Dieser Parkplatz gehört zu dem Geschäft eines netten Arbeitskollegen. Wir haben noch zehn Minuten, bis der Film startet«, kündigte er an.

»Was ist das denn für ein Film? Wo willst du hin?«, rief sie ihm nach, als er ausstieg.

Kilian ging zum Kofferraum und holte eine Decke hervor.

»Wir haben Winter und ich kann nicht die ganze Zeit über den Motor eingeschaltet lassen, um zu heizen.« Er reichte Emma die Decke.

»Du bist verrückt«, murmelte sie.

»Ich habe mich informiert und wollte, dass du nichts verpasst, deshalb«, er machte eine Pause und öffnete das Handschuhfach, »habe ich auch Popcorn mitgebracht.«

Er zog die knisternde Tüte hervor.

»Und ich habe mich schon gewundert, weshalb es hier nach Jahrmarkt riecht.« Emma kicherte und nahm das süßlich duftende Knabberzeug entgegen. Er war selbst nie im Kino gewesen und hatte sich diese Information bei Sandra geholt.

Emma wurde plötzlich ganz still und griff nach seiner Hand.

»Weißt du eigentlich, dass nie zuvor jemand so etwas Schönes für mich getan hat?«, murmelte sie leise und lehnte ihren Kopf an seine Schulter.

Kapitel 9

„Familienurlaub“

»Erzählen Sie mal, Kilian. Was machen sie beruflich?«, fragte Frank ihn. Emmas Vater war ein korpulenter Mann und für gewöhnlich wirkte er sicher abschreckend auf ihre männlichen Begleiter, aber Kilian ließ sich nicht leicht einschüchtern.

Sie standen in dem verschneiten Garten und starrten auf den vollends zugefrorenen Teich. Jakob warf ihm einen mitleidigen Blick zu, doch Kilian störte sich nicht, an Franks Fragen.

Im Gegenteil. Es war Vorbildlich, dass er sich um seine Tochter sorgte, auch wenn das Verhältnis zwischen Emma und ihren Eltern nicht das engste war. Im Grunde konnte es ihm sogar egal sein, was Frank oder Angelika von ihm hielten.

Er würde er selbst bleiben und nicht versuchen die Antworten zu geben, welche sie sich vielleicht erhofften. Wichtiger war, was Emma von ihm hielt. Und er war mehr als zufrieden, dass sie ihn zu sich eingeladen hatte.

Das Weihnachtsfest hatte eine große Bedeutung für Erdlinge und auch die Tatsache, dass sie ihn ihren Eltern als Freund vorstellte, sagte viel über ihre Gefühle aus.

»Ich bin im Sicherheitsdienst tätig«, erklärte Kilian knapp.

»Ein Türsteher?«, brummte Frank wenig begeistert.

»Personenschützer«, korrigierte Kilian freundlich. Die Augen seines Gegenübers weiteten sich.

»Das ist eine gefährliche Arbeit, für die man allerdings gut entlohnt wird, nicht wahr?«

Da war sie wieder. Die ewige Frage nach dem Geld. Doch selbst das störte ihn dieses Mal nicht. Er wusste, dass es Emma nicht interessierte, was er verdiente.

Allein die Tatsache, dass sie mit dieser Hingabe gleich zwei beruflichen Tätigkeiten nachging, ließ ihn vergessen, dass sie aus wesentlich ärmeren Verhältnissen stammte. Er vertraute ihr und hätte kein Problem damit, ihr gegenüber all sein Geld offen zu legen. Vermutlich würde sie es nicht einmal anrühren.

In diesem Punkt hatten sie etwas gemeinsam. Der Verdienst war ihm nicht sehr wichtig.

Er war dankbar, sich keine Gedanken um seinen Lebensunterhalt machen zu müssen. Doch auf Umbria beispielsweise hatte er für eine ganz ähnliche Arbeit wesentlich weniger bekommen. Trotzdem war ihm nie in den Sinn gekommen, seine Tätigkeit zu wechseln.

»In erster Linie ist es etwas, dass ich gut kann«, sagte er daher.

»Es ist sehr löblich, seiner Leidenschaft zu folgen«, merkte Frank an.

»Als Emma dir erzählt hat, dass sie eine Einladung für die Kunsthochschule bekommen hat, sagtest du, es sei wichtiger, etwas ordentliches zu lernen«, wisperte Jakob.

Offensichtlich gab es in dieser Familie mehr als eine Unstimmigkeit.

»Das sage ich nach wie vor. Malen ist eine Freizeitbeschäftigung, davon kann man nicht leben.«

»Das was sie aktuell macht, ist auch kein Leben«, entschied Jakob.

»Sie wirkt nicht unglücklich mit ihrer Situation. Emma soll tun was sie möchte, solange sie sich von diesen Engländern fernhält«, brummte Frank und zündete sich eine Zigarette an. Er schien ziemlich viel zu Rauchen, oder diese Zusammenkunft der Familie stresste ihn.

»Mir gefällt diese Feindschaft nicht. Vielleicht hat Joanne einen Keil zwischen David und Emma getrieben, aber du hast ebenso deinen Teil dazu beigetragen.«

»Emma war schon immer unvernünftig. Sie braucht jemanden, der sie vor Dummheiten bewahrt.« Emmas Vater betrachtete Kilian, als würde er abwägen, inwiefern er dieser Vorstellung entsprach. »Haben Sie ein Motorrad?«

»Vater, findest du wirklich, dass er aussieht wie ein Rocker?«, mischte Jakob sich ein.

»Nein. Habe ich nicht«, sagte Kilian ruhig, bevor es zu einem Streit zwischen Vater und Sohn kommen konnte.

»Das ist eine Verbesserung. Sie scheinen ein wirklich vernünftiger Mann zu sein. Passen sie nur auf, dass meine Tochter sie nicht verdirbt. Und halten sie nicht den Kopf für sie hin, wenn sie sich wieder in schwierige Situationen bringt«, versuchte Frank ihn zu belehren. Kilian belächelte diesen Versuch.

So langsam verstand er, weshalb Emma glaubte, ihre Eltern würden nicht viel von ihren Entscheidungen halten.

»Vielleicht sollten Sie etwas genauer hinsehen, dann merken Sie, dass Emma längst erwachsen geworden ist und durchaus Verantwortung für sich selbst übernehmen kann«, merkte Kilian sachlich an.

Für einige Sekunden schien es Frank die Sprache verschlagen zu haben, dann lachte er schallend los.

»Ich mag Sie, Kilian. Ich hoffe, sie bleiben uns lange erhalten und geben acht, dass Emma keine Dummheiten macht.«

Der Tag begann, wie es besser nicht hätte sein können. Allein der Gedanke, morgens neben ihr aufzuwachen, beflügelte seine Sinne. Ihre nackte Haut zu berühren, ihre Küsse zu kosten und ihre Wärme aufzusaugen, machten es perfekt.

Emma lag in seinem Arm. Sie hatten sich noch nicht wieder angezogen und ihre Haare kitzelten seine Wange.

»Das hier wäre doch ein Argument dafür, nach den Feiertagen genauso weiterzumachen«, wisperte er ihr ins Ohr. Es würde ihm gefallen mit ihr zusammenzuleben und vermutlich wäre es deutlich unkomplizierter, als es bei Chloé der Fall gewesen war.

»Man könnte meinen, ich würde dich nach dem Besuch bei meinen Eltern aus meinem Leben verbannen«, behauptete sie.

»Man kann nie wissen, aber zumindest würde ich mit Sicherheit behaupten, dass du es nicht vorher tust«, ärgerte er sie mit einem Grinsen.

»Du gehst also davon aus, dass ich dich irgendwann einfach fortschicke? Das klingt, als wäre ich ganz schön gemein«, murmelte sie bedrückt.

»Unsinn.« Er lachte leise. Er war nicht davon ausgegangen, dass sie es so ernst nehmen würde. »Ich freue mich einfach über jeden Tag, an dem ich bei dir sein darf. Ich mache mir nicht die Hoffnung, dass du eines Tages heiraten und Kinder kriegen willst.«

»War das dein Plan? Ich meine, bevor wir uns kennengelernt haben? Hast du jemanden gesucht, der dieses normale Leben will? Heiraten, ein Haus bauen, Kinder bekommen, Enkelkinder? Das typische Bild eines alten

Ehepaares auf der Veranda, das in den Sonnenuntergang schaut?«

Er lachte.

»Was für eine Veranda?«

»Ach, das sagt man nur so«, murmelte sie.

»Was ist schon normal, Emma? Wir haben als Kinder Feen gesammelt und uns heimlich auf die Trainingsplätze der Palastwachen geschlichen, um ihnen beim Bogenschießen zuzusehen.

Klingt das für dich normal?

Ich habe mich bei weitem nicht so gut angepasst, wie Patrick und der macht in letzter Zeit den Eindruck auf mich, Umbria sehr zu vermissen.«

»Vermisst du es denn gar nicht?«, wollte sie wissen. Es war nicht das erste Mal, dass sie ihm diese Frage stellte.

»Egal was passiert, Emma. Wenn du es nicht ausdrücklich verlangst, werde ich dich nicht verlassen. Ich habe an vielen Orten gelebt und man kann sich überall Zuhause fühlen, solange man sein Herz bei sich trägt.«

Sie fuhr mit dem Finger die Muster auf der Bettdecke nach.

»Ich habe mir nie Gedanken darüber gemacht, wie es wäre woanders zu leben. Wenn Sandra mich nicht gerade auf ein Konzert zwingt, verlasse ich die Stadt überhaupt nicht«, murmelte sie.

»Und ich werde dich bestimmt nicht dazu überreden von hier wegzugehen«, versicherte Kilian ernst.

»Seit ich weiß, dass Sandra das Land verlassen wird und du aus einer völlig anderen Welt kommst, ist es mir gar nicht mehr so wichtig. Was hält mich schon hier? Die Arbeit in der Bar?«

»Was ist mit deinem Studium?«, erinnerte er sie.

»Hmm, ich weiß nicht. Wenn ich versuchen möchte das Sorgerecht für Jillian wieder zu erlangen, sollte ich vielleicht etwas vernünftiges tun«, antwortete Emma.

»Ein Studium ist vernünftig, lass dir nichts von deinen Eltern einreden.«

»Entschuldige bitte. Der Gedanke morgen auf Joanne zu treffen, macht mich fertig. Sie ist eine Hexe, einfach nur bösartig.«

--- Dienstag, 26. Dezember ---

Joanne hatte den Besuch für Punkt dreizehn Uhr angekündigt. Und je später es wurde, desto nervöser schienen alle zu werden. Die Spannung im Haus war kaum auszuhalten. Emmas Vater hatte sich bereits die fünfte Zigarette infolge angesteckt, während ihre Mutter alle fünf Minuten in die Küche verschwand. Emma saß schweigend auf dem Sofa und starrte die Uhr an, während die Sekunden nur so dahin krochen.

Jacob war mit Laura und dem Baby spazieren gegangen, um der Anspannung zu entfliehen. Einzig allein Oma Irmi - wie alle sie nannten - saß mit zufriedenem Lächeln in ihrem Sessel am Kamin und strickte Socken, die Ähnlichkeit mit ausgestopften Frettchen hatten. Er sah sie beinahe nie etwas anderes tun.

Kilian fragte sich, wer all diese Socken tragen sollte. Sie selbst tat es nicht und auch sonst hatte er bei keinem Familienmitglied einen Hang zu unförmiger grauer Fußbekleidung gesehen.

Als es endlich klingelte, zuckte Emma zusammen und sprang auf. Ihre Mutter eilte aus der Küche zur Tür und öffnete sie.

Die Stimme eines Mannes drang zu ihnen herüber und kurz darauf betrat ein kleines Mädchen das Wohnzimmer. Sie hatte langes, rabenschwarzes Haar und war vornehm gekleidet.

»Richard sagte, er würde sie in drei Stunden wieder abholen«, erklärte Emmas Mutter, die ihr gefolgt war.

»Willkommen in unserem Haus«, grüßte Emmas Vater das Mädchen und schüttelte ihr die Hand. Emma nahm sie in den Arm. Mit einem Mal wirkte sie befreit.

»Wer ist das Kind?« fragte Irmi und legte ihre Stricksachen beiseite.

»Das ist Emmas Tochter Jillian«, erklärte Angelika.

»Julia? Müsste sie nicht kleiner sein? Ich dachte sie sei erst zwei«, gab Irmi zurück und schob ihre Brille zurecht.

»Was möchte diese verwirrte Frau von mir?«, fragte Jillian leise an Emma gewandt.

Kilian war kurz irritiert von ihrer Sprachwahl, bis ihm einfiel, dass Emma erzählt hatte, Davids Familie würde aus England stammen.

An der Tatsache, dass alle Anwesenden Emma abwartend anstarrten, erkannte er, dass niemand sonst das Mädchen verstehen konnte.

»Sie ist deine Uroma und hat nur gefragt, wer du bist«, klärte diese Jillian auf. Ihr Englisch war etwas brüchig, aber man konnte sie durchaus verstehen.

»Vielleicht wollt ihr nach oben gehen. Ich habe eine Kiste mit alten Spielsachen von dir aus dem Dachboden geholt«, schlug Emmas Mutter vor.

»Ich möchte meine Enkeltochter auch kennenlernen«, warf Frank ein.

Emma biss sich nervös auf die Unterlippe, aber ihre Mutter rettete die Situation.

»Jillian ist hergekommen, um Emma zu sehen. Wenn das Mädchen sich wohlfühlt, bekommen wir vielleicht die Chance sie öfter zu sehen«, wisperte sie.

»Möchtest du, dass ich dir das Haus zeige?«, fragte Emma. Jillian schüttelte den Kopf.

»Joanne lässt mich nie im Schnee spielen. Gehst du mit mir nach draußen?«, fragte sie hoffnungsvoll, wobei sie ein gekonntes Lächeln aufsetzte.

»Okay«, gab Emma zurück. »Kommst du mit?«, wollte sie von Kilian wissen.

»Wenn es für euch in Ordnung ist«, stimmte er auf Englisch zu und sah zu Jillian, die ihn neugierig musterte.

»Bist du Engländer?«, fragte das Mädchen. Er lächelte.

»Nein, aber ich habe ein paar Monate dort gelebt«, erzählte er.

»Ich möchte, dass er mitkommt«, entschied Jillian und ging voraus.

»In wie vielen Ländern hast du bisher gelebt?«, erkundigte Emma sich leise, während sie dem Kind folgten.

»Zuerst in England, dann Portugal, Marokko, Deutschland, Frankreich und jetzt wieder in Deutschland«, zählte er auf. Emma sah ihn ungläubig an.

»Was sagtest du, seit wie vielen Jahren du hier lebst?«, hakte sie weiter nach.

»Fünf. In Portugal und Marokko war ich jeweils nur drei Monate.«

»Und wo hat es dir bisher am Besten gefallen?«

»Na, hier bei dir natürlich«, erwiderte er und legte einen Arm um ihre Schultern.

»Spinner«, kommentierte sie.

Kapitel 10

„Kleine Überraschung“

In der Bar war es so voll wie nie. Die Mädchen hatten gut zu tun und selbst Gustav war im Dauereinsatz.

Es war das erste Mal, dass er auf Toni traf, seit Emma die Geschichte mit der Kamera erzählt hatte. Wie es aussah, hatte Toni sich ein paar Tage später bei ihr entschuldigt und war ihr seitdem aus dem Weg gegangen.

In Kilians Augen war das ausreichend und er hatte nicht vor einen Streit mit dem Wirtssohn anzuzetteln. Er hatte genug mitbekommen, um zu wissen, dass Toni ein armer Hund war - wie Patrick sagen würde. Solange der Junge sich benahm, hatte Kilian kein Problem damit, ihn wie eine neutrale Person zu behandeln.

Dennoch war der Schrecken in Tonis Augen eine kleine Genugtuung, als ihre Blicke sich begegneten. Kilian ging auf ihn zu. Beinahe wäre Toni die Bierflasche aus der Hand gerutscht und als er sich hastig nach einer Möglichkeit umsah, der Konfrontation zu entfliehen, huschte ein kleines Lächeln über Kilians Lippen.

»Guten Abend«, grüßte er freundlich und stellte sich neben Toni. Jan war ebenfalls anwesend.

»Hi, willst du auch ein Bier?«, fragte der und hielt ihm ein Glas hin. Kilian schüttelte den Kopf, woraufhin Jan schulterzuckend in der Menge verschwand. Toni stellte seine Flasche auf den Tresen und strich sich über die Bartstoppeln.

»Ich habe es mir nicht angesehen. Also, ich habe es zwar gesehen, aber gleich ausgeschaltet, als ich bemerkt habe, was ihr … ich meine … ich habe …«, stammelte er nervös. Kilian legte eine Hand auf Tonis Schulter, woraufhin dieser verstummte und zu Eis erstarrte.

»Wenn ich mitbekomme - und glaube mir, ich kriege es mit - dass du Emma gegenüber auch nur ein einziges falsches Wort sagst, dann wirst du es bitter bereuen«, wisperte Kilian dicht an Tonis Ohr und verstärkte den Griff, zum Zeichen, dass er es ernst meinte. Toni rührte sich nicht.

»Und sei gewarnt, solltest du es je wagen sie auf irgendeine Weise anzufassen, wie dein dämlicher Cousin, dann wirst du dir wünschen, dass du sie nie kennengelernt hättest.« Er machte eine kurze Pause, in welcher er beobachtete, wie Emma eine Reihe leerer Gläser einsammelte.

»Hast du mich verstanden?«, erkundigte er sich. Toni nickte schwach, woraufhin Kilian seine Hand runter nahm.

»Hast du sie dabei?«, wollte der Wirtssohn mit belegter Stimme wissen. Kilian hob fragend die Augenbrauen.

»Die Waffe. Bent sagte, du hättest eine echte Knarre.« Es war weniger als ein Flüstern.

»Sicher. Ich gehe niemals ohne aus dem Haus«, erwiderte Kilian ernst und klopfte auf die Stelle an seiner Brust, wo die Pistole verborgen war.

»Weiß sie davon?«, hakte sein Gegenüber nach und nickte in Richtung Emma.

»Es ist Teil meiner Arbeit. Natürlich weiß sie davon. Willst du mir gerade drohen?«

»Nein, ich … ich …«

»Mach dir nicht ins Hemd.« Sandra war neben Toni aufgetaucht und stieß ihm belustigt den Ellbogen in die Seite, woraufhin der nur die Nase rümpfte, die Flasche an die Lippen setzte und einen langen Schluck trank. Sie wandte sich an Kilian.

»Na, wie war die Woche? Wie ich sehe, haben Emmas Eltern dich nicht vergrault. Du bist noch da.«

»Sicher doch. Ihre Familie ist nett. Sie sind nur etwas zu streng mit ihr«, überlegte Kilian.

»Glücklicherweise! Wer weiß, was sonst aus ihr geworden wäre«, lachte Sandra. »Sie war nicht immer so vernünftig. Vor Jillian hat sie viel Mist gebaut.«

»Ich kann es mir bildlich vorstellen«, gab Kilian zurück. Sandra kicherte.

»Sag mal Toni. Wo ist eigentlich dein Cousin Bent? Ich dachte, er wollte dieses Jahr mit uns feiern«, wechselte Sandra das Thema.

Kilian horchte auf. Toni zögerte einen Moment und sah sich um, als fürchtete er belauscht zu werden.

»Er sitzt in U-Haft. Angeblich hat er eine der Studentinnen vergewaltigt. Es steht Aussage gegen Aussage, auch wenn es wohl einige Indizien gibt, suchen sie aktuell nach tatkräftigen Beweisen.«

»Ach du meine Güte. Das kann ich mir gar nicht vorstellen.« Sandra wirkte ernsthaft schockiert. Offensichtlich hatte Emma ihr nichts von dem erzählt, was Bent versucht hatte ihr anzutun.

»Ich bin mir da nicht so sicher. Er ist manchen Frauen gegenüber ein richtiger Grobian«, überraschte Toni ihn. »Ich habe ihn oft genug erlebt, wenn er angetrunken war. Ich will gar nicht wissen, wie er sich verhält, wenn er mal zu tief ins Glas schaut.«

»Oh«, machte Sandra bestürzt und sah Kilian an, als hätte sie gerne seine Meinung zu dem Thema.

»Ich traue es ihm zu und ich hoffe sie lassen ihn im Kerker verrotten.«

Sandra lachte.

»Im Kerker? Wir sind nicht mehr im Mittelalter.«

»Ein stinkiges dunkles Loch würde für Bent reichen«, stimmte Toni mit ein.

»Ein guter Einfall«, lobte Kilian und nickte anerkennend.

»Also darauf muss ich erstmal etwas trinken. Miesepeter und Mr. Bond schließen Frieden, obwohl nur einer das Mädchen gekriegt hat«, ließ Sandra verlauten.

»Apropos Mädchen. Wo ist Emma überhaupt?«, fragte sie jetzt. Kilian hob die Hand und deutete in ihre Richtung. Er hatte den braunen Lockenkopf nicht aus den Augen gelassen.

Es wurde voller und die Besucher bestellten immer mehr Getränke, sodass Kilian irgendwann anbot, das Spülen der Gläser zu übernehmen.

Gegen halb zwölf verschwand Emma auf der Toilette und als sie fünfzehn Minuten später noch immer nicht zurück war, ging er auf die Suche nach ihr.

Er fand sie schlafend in Gustavs Büro, wo er sie vorsorglich mit seiner Jacke zudeckte. Ihre Arme waren kühl und sie sah etwas blass aus.

Er hockte sich neben sie und legte erst eine Hand auf ihre Stirn und anschließend an ihre Wange. Er hatte keine Ahnung, wie man eine Krankheit erkannte, aber so machte es Patrick bei seinen Kindern, wenn diese beispielsweise eine Erkältung bekamen.

Emmas Haut fühlte sich an wie immer, aber etwas kränklich sah sie schon aus.

Draußen wurden die ersten Raketen gezündet und aus dem Raum der Bar hörte er, wie die Gäste die Sekunden bis zum Jahreswechsel zählten.

Sollte er sie wecken?

Kilian entschied sich dagegen, angesichts der dunklen Ringe unter ihren Augen. Wenn sie in den letzten Tagen zu wenig Schlaf gehabt hatte, so war es ihm nicht aufgefallen und das obwohl er die ganze Woche mit ihr zusammen gewesen war.

Der ansteigende Lärm verriet ihm, dass es soweit war. Er beugte sich vor, strich Emma eine Strähne aus der Stirn und küsste sie auf den Haaransatz, bevor er den Raum verließ und die Türe leise schloss. Wenn sie einfach so auf der Arbeit einschlief, musste sie wirklich müde sein.

Am besten sorgte er dafür, dass Gustav es nicht mitkriegte. Er wollte nicht, dass Emma Ärger bekam und womöglich ihre Arbeit verlor. Selbst wenn sie es nicht zugab, schien sie sehr daran zu hängen.

Von den Straßen her drang Lärm ins Innere und es wunderte ihn nicht, nur eine Handvoll Menschen in der Bar vorzufinden.

Beinahe jeder war hinaus auf die Straße gestürmt, um sich das bunte Leuchten anzusehen.

Wieder dachte er an Umbria, wo man den Jahreswechsel wesentlichen ruhiger anging und er hätte einiges dafür gegeben jetzt dort zu sein. Liebend gerne würde er mit Patrick und dessen Familie zusammensitzen, natürlich nicht ohne Emma. In kürzester Zeit war sie zu einem Teil seines Lebens geworden. Nie zuvor hatte er ähnliche Gefühle für eine Frau empfunden.

Er hatte immer geglaubt, dass es ihm Angst machen würde, sich so sehr auf einen anderen Menschen einzulassen, aber das Gegenteil war der Fall.

Er hatte sich nie zuvor standfester gefühlt und das Leben erschien ihm wesentlich leichter als zuvor. Er fragte sich erneut, wie sie das angestellt hatte.

Am Tresen hockten zwei ältere Männer. Einer von ihnen schnarchte leise und Kilian wunderte sich, dass er noch nicht von seinem Hocker gerutscht war.

Sandra saß an einem der Tische, Gustav redete leise auf sie ein, während Jan die leeren Gläser und Flaschen einsammelte.

Kilian gesellte sich zu ihm.

»Ist alles okay?«, fragte er mit einem Kopfnicken in Richtung Sandra.

»Sie hat es doch ein bisschen zu gut gemeint und eindeutig zu viel getrunken. Das passiert nicht oft, aber wenn, dann richtig«, murmelte Jan. Er sah sich um. »Wo ist Emma?« fügte er hinzu.

Kilian warf einen flüchtigen Blick auf Gustav, aber der schien so versunken in sein Gespräch mit Sandra, dass er vermutlich nichts um sich herum wahrnahm.

»Sie schläft.«

Überrascht zog Jan die Augenbrauen hoch.

»Echt jetzt? Da muss sie aber ebenfalls tief ins Glas geschaut haben. Sie ist normalerweise nicht so leicht klein zu kriegen.«

Kilian zuckte mit den Schultern. Er hatte nicht mitbekommen, dass sie etwas getrunken hätte. Dabei hatte er sie den ganzen Abend nicht aus den Augen gelassen. Und wenn er an die Situation auf dem Konzert dachte, könnte es ihm unmöglich entgangen sein, hätte sie Alkohol zu sich genommen.

»Ich bin mir nicht sicher«, sagte er daher.

Jan lächelte nur aufmunternd.

Sie räumten weiter auf und schon bald gesellten sich die ersten Gäste zurück ins Warme. Auch wenn viele sich auf den Heimweg machten, gab es noch genügend, die sich weiter betranken, tanzten und feierten.

»Wo ist eigentlich Toni?«, fragte er Jan, während sie gemeinsam ein weiteres Bierfass aus dem Keller holten.

»Er ist vor einer Stunde nach Hause gefahren.«

»Ist irgendwas vorgefallen?«, wollte Kilian besorgt wissen. Er hatte wirklich keine Lust auf weiteren Toniärger.

»Nein. Das ist einfach seine Art. Er kommt und geht, wie es ihm gefällt«, meinte Jan achselzuckend.

»Mein Sohn ist ein wenig eigensinnig.« Gustav stand plötzlich hinter ihm. »Hallo. Gustav, wir wurden uns noch nicht vorgestellt«, begrüßte er Kilian mit einem Handschlag.

»Kilian«, gab er zurück.

»Ja, ich hörte bereits von Ihnen. Sie gehen seit ein paar Wochen mit meinem Emmchen aus. Sandra hat mir versichert, sie seien vernünftig und ich vertraue auf ihr Urteil. Normalerweise gebe ich besser acht auf meine Mädchen, aber in letzter Zeit haben mir ein paar Gauner das Leben schwer gemacht.«

»Was für Gauner?«, hakte Jan nach, aber Gustav winkte ab.

»Kleinkriminelle, die sich für Immobilien interessieren. Sie haben wohl gemerkt, dass es in dieser Gegend nichts lohnenswertes gibt und haben aufgegeben.«

»Sind Sie ganz sicher? Man sollte Drohungen nicht auf die leichte Schulter nehmen. Wenn Sie möchten, könnte ich mich umhören. Ich habe gute Kontakte, auch zur Polizei«, bot Kilian an.

»Mit der Polizei habe ich bereits gesprochen. Kümmern Sie sich lieber um Emma. Wo ist sie überhaupt?«, erkundigte

Gustav sich.

»Sie … es ging ihr nicht so gut, da habe ich vorgeschlagen, dass sie sich einen Moment ausruht und ich für sie übernehme«, erwiderte Kilian.

»Wenn es ihr nicht gut geht, sollten Sie sie besser nach Hause bringen. Es ist ohnehin nicht mehr viel los«, entschied Gustav.

»Ich sehe mal nach ihr«, meldete Jan sich zu Wort.

»Ich bin mir nicht sicher, ob sie damit einverstanden ist, eher nach Hause zu gehen«, überlegte Kilian. Gustav lachte.

»Versuchen Sie überzeugend zu sein.«

Kilian musste nicht lange suchen, bis er sie fand.

»Emma«, fing er sie gleich ab.

»Hey«, gab sie leise zurück.

»Geht es dir gut? Dass du während der Arbeit schläfst überrascht mich. Immerhin hattest du die ganze Woche frei und es war recht entspannt bei deinen Eltern, im Vergleich zu deinem üblichen Leben«, wies er sie auf das offensichtliche hin.

»Es geht mir prima«, versuchte sie es herunterzuspielen und wich seinem Blick aus.

»Habe ich etwas falsch gemacht?«, erkundigte er sich weiter. Sie schüttelte den Kopf

»Ich habe mit Gustav gesprochen. Er sagte, wenn du dich nicht gut fühlst, dürften wir gehen.«

Zu seiner Verwunderung nickte Emma Und ging voraus zur Tür - nicht ohne sich vorher von Jan, Sandra und Gustav zu verabschieden. Draußen auf der Straße waren nach wie vor viele Menschen unterwegs und das trotz des eisigen Wetters. Als Kilian bemerkte wie Emma trotz Jacke zitterte, legte er ihr seinen Mantel um die Schultern.

»Frierst du gar nicht?«

Er lachte.

»Doch. Es ist ziemlich kalt, aber das ist gerade nicht wichtig«, antwortete er und legte zusätzlich einen Arm um sie.

»In deiner Welt ist es bestimmt noch kälter«, fing sie an, aber er hatte nicht vor sich ablenken zu lassen. Irgendwas stimmte nicht, das sagte ihm sein Instinkt.

»Erzählst du mir jetzt, was los ist?«

Die Worte, die sie flüsterte, waren kaum zu verstehen, aber er glaubte *Baby* herausgehört zu haben.

»Was sagst du?«, fragte er und blieb stehen. Sie machte noch zwei Schritte, bevor sie stehen blieb und sich umdrehte.

»Ich bin nicht beim Arzt gewesen, aber die Zeichen sind eindeutig und es fühlt sich an, wie beim letzten Mal«, verhaspelte sie sich. Zum ersten Mal glaubte er etwas wie Angst in ihren Augen zu erkennen. Er fragte sich wovor Emma sich fürchtete.

»Du bist schwanger?«, vergewisserte er sich vorsichtig, dass er richtig verstanden hatte.

»Vermutlich«, nuschelte sie. Kilian machte ein paar Schritte auf sie zu und schloss sie in die Arme. Etwas unbeholfen erwiderte sie die Geste.

»Seit wann weißt du es?«, fragte er weiter. Sie strich sich die Haare hinter das Ohr.

»Es steht nicht zu hundert Prozent fest«, erwiderte sie.

»Seit wann glaubst du es zu wissen?«, verbesserte er seine Frage.

»Seit Weihnachten«, gab sie zu.

»Und dann sagst du es mir erst jetzt?«

»Nun ja. Ich hatte Angst. Du weißt, was beim letzten Mal passiert ist…«, fing sie an.

»Emma. Ich habe dir versprochen, dass ich dir helfe Jillian zurückzuholen. Wie kommst du auf den Gedanken, ich könnte dir unser Kind wegnehmen?«

Sie vergrub das Gesicht tief in seiner Schulter.

»Also freust du dich?«, hörte er sie fragen.

»Natürlich. Es ist so viel mehr, als ich jemals zu hoffen gewagt hatte. Allerdings gäbe es da noch eine Sache. Würdest du mich jetzt bitte offiziell als deinen Freund akzeptieren? Sonst könnte ich noch auf den Gedanken kommen, dass du eines Tages heimlich untertauchst«, scherzte er.

»Ich fürchte, du würdest mich finden, selbst wenn ich die Welt verlassen würde.«

»Also akzeptierst du?«, ignorierte er es.

»Ich wusste es gibt einen Haken an der Sache. «

»Emma, wir sehen uns seit zwei Monaten beinahe täglich, reden, gehen aus, haben Sex. Wir bekommen ein Kind zusammen! Es ist nur ein Wort für einen Zustand, der ohnehin besteht. Was ist daran verkehrt? Bitte, gib mir diese Sicherheit!«

»Na schön, wenn es nur noch eine formelle Sache ist, dann weiten wir unsere Montagsbeziehung eben etwas aus. Ich hatte sowieso dieses Gefühl, dass wir uns öfter sehen, als einmal pro Woche«, scherzte sie.

»Emma, du weißt gar nicht, wie glücklich du mich machst.«

»Entschuldige, dass ich es dir nicht direkt anvertraut habe.

Ich dachte die ganze Zeit über, ich würde es mir vielleicht nur einbilden.«

»Gleich morgen sollten wir einen Arzt aufsuchen. Dann haben wir Gewissheit«, schlug er vor und drückte sie erneut an sich. Am Liebsten würde er sie nie wieder loslassen, jetzt erst recht.

--- Mittwoch 2. Januar 1963 ---

»Na klasse. Sie erhöhen schon wieder die Miete«, schimpfte Emma und warf den Brief auf die Küchenzeile. Kilian griff nach dem Papier und überflog das Schreiben.

»Das zahlst du, für dieses Zimmer?«, stellte er überrascht fest.

»Ich habe kaum eine Wahl. Als alleinstehende Frau, ohne Abschluss und mit diesem Gehalt kann ich froh sein, überhaupt einen seriösen Vermieter gefunden zu haben. Die Meisten wollen mehr, als nur Geld«, sprach sie. Angewidert verzog er das Gesicht und legte den Brief zurück auf die Arbeitsfläche.

»Du solltest hier ausziehen!«

»Und dann lebe ich auf der Straße? Nein, danke.«

»Oder du könntest bei mir einziehen«, schlug er vorsichtig vor. Immerhin würde sie ein Kind von ihm zur Welt bringen. Es war keinesfalls der entscheidende Grund, aber zumindest ein gutes Argument.

Emma sah ihn nicht an. Mit dem Rücken zu ihm, schwieg sie. Er fragte sich, was in ihr vorging. Noch immer gab es diese

Momente, in denen sie sich vor ihm verschloss, als hätte er ihr je einen Grund zur Annahme gegeben, er würde es nicht gut mit ihr meinen.

»Emma? Ich habe nicht gesagt, dass du mich heiraten sollst. Ich denke nur, es hätte einige Vorteile, wenn du zu mir ziehen würdest.«

»Wieso?«

»Nun, in erster Linie, weil ich dich gerne in meiner Nähe habe. Vielleicht ist es dir noch nicht aufgefallen, aber ich habe eindeutig eine Schwäche für dich«, sprach er das Offensichtlichste an und schlang von hinten die Arme um sie.

»Es ist mir aufgefallen«, murmelte sie leise.

»Gut, dann ist dir sicher auch aufgefallen, dass ich liebend gern meine Zeit mit dir verbringe, weil ich dich gern habe«, flüsterte er.

»Du hast mich also gern?«

»Sicher, weshalb sollte ich sonst mit dir zusammen sein wollen?«, stellte er die Gegenfrage.

»Na ja, ich weiß nicht … vielleicht wegen … «

»… deiner süßen Locken?«, beendete er ihren Satz.

»Was? Nein!«

»Dann wegen deiner lockeren Art«, versuchte er es weiter. Sie schüttelte den Kopf.

»Deiner Verrücktheiten, der zuverlässigsten Unpünktlichkeit, deinem Kichern, der Furchtlosigkeit oder deiner attraktiven Schultern«, zählte er unentwegt auf.

»Meiner Schultern?« Emma lachte.

»Ach, ich dachte nur, es sei nicht angebracht *Brüste* zu sagen«, gab er zu.

»Na schön, du willst also, dass meine Brüste bei dir einziehen?«, zog sie ihn auf.

»Zumindest akzeptiere ich nicht, dass du sie hierlässt«, versuchte er ernst zu bleiben. Das war angesichts ihres Kicheranfalls gar nicht so leicht. Er wartete, bis sie sich wieder beruhigt hatte.

»Ich meine es ernst, Emma. Zieh bei mir ein, bitte.«

»Angenommen, ich würde zustimmen, dann gäbe es eine Menge Hindernisse zu überwinden«, zweifelte sie noch immer an seinem Vorschlag.

»Verstehe. Lass uns die Regeln neu verhandeln. Ein paar wenige versteckte Steckdosen habe ich durchaus. Du kannst dein Telefon mitnehmen«, bot er an. Emma sah ihn erneut belustigt an, seufzte, verschränkte die Arme und löste sie wieder.

»Na schön. Es geht eher um meinen Plattenspieler«, offenbarte sie ihm.

»Okay, ich bin durchaus bereit, Kompromisse einzugehen. Mit Musik werde ich schon klarkommen«, entschied er.

»Ich bade gerne.«

»Ich besitze eine Wanne!«

»Mit *heißem* Wasser?«, erinnerte sie ihn an das letzte Mal.

»Ja, seit ein paar Wochen!«, grinste er überlegen. Gleich nach diesem Tag hatte er Charly gebeten, sich um dieses Problem zu kümmern.

»Dann planst du das also schon länger?«

»Willst du es mir verübeln, dass ich Hoffnungen habe?«

»Ich warne dich. Es wird dir lästig sein, wenn ich erst bei dir wohne«, behauptete sie.

»Meinst du, ich wüsste nicht wie es ist, mit einer Frau zusammenzuleben?«

»Ich habe vielleicht andere Bedürfnisse, als die Püppchen, welche du offensichtlich zuvor getroffen hast«, spielte sie auf die Begegnung mit Chloé an.

»Damit komme ich klar«, versicherte er. Alles war besser, als sich mit seiner Exfreundin eine Wohnung zu teilen. Emma zog zur Antwort nur die Augenbrauen hoch.

»Versuch mich vom Gegenteil zu überzeugen«, forderte Kilian sie heraus. Sie schien zu überlegen.

»Es gibt da ein paar entscheidende Dinge, die mir in deinem Zuhause fehlen und die ich brauche.«

»Mit Musik komme ich klar«, wiederholte er seine Aussage von vorhin.

»Ich brauche einen Herd und einen Kühlschrank«, überlegte sie.

»Was ist mit Charly? Er kocht hervorragend.«

»Wie lange dauert es wohl, bis er nicht mehr für dich arbeiten will, weil ich um vier Uhr Nachts gerne einen Teller Spaghetti hätte?«

»Du kochst Nachts um vier Uhr?«, erkundigte Kilian sich. Er war nicht ganz sicher, ob sie es sich nur ausdachte, um ihn zu verunsichern.

»Ich koche, wenn ich von der Arbeit komme«, erklärte sie. *Natürlich*, dachte er. *Das machte Sinn.*

»Das stört mich nicht! Im Gegenteil. Ich könnte auch für dich kochen«, schlug er optimistisch vor. Emma lachte.

»Sagtest du nicht vor ein paar Tagen, du wärst noch nie in einem Supermarkt gewesen, weil du gar nicht wüsstest, was du kaufen solltest? Hast du schon mal gekocht?«

»Patrick sagt, man kann alles lernen«, verteidigte Kilian seine Ahnungslosigkeit.

»Na schön. Ich sag dir, wie es geht und wenn du es schaffst, ein paar Nudeln zu kochen, ziehe ich bei dir ein«, schlug Emma vor.

Obgleich er wusste, wie riskant dieser Pakt war, stimmte Kilian zu. *Xuxa hilf mir*, flehte er in Gedanken. Hoffentlich würde er nicht vollends versagen.

Siegessicher setzte Emma sich auf die Küchenzeile und grinste ihn herausfordernd an.

»Zuerst die Zutaten. Keine Sorge es ist mit Abstand das leichteste Rezept, dass es gibt«, versicherte sie ihm. Er bezweifelte die Richtigkeit ihrer Aussage. Vielleicht führte sie ihn mit Absicht an der Nase herum.

Zwei Töpfe - *von wegen einfach,* schoss es ihm durch den Kopf.

Eine Packung Nudeln, Wasser, Milch, Tomatenmark, Honig, Salz und Pfeffer - *das soll sich einer merken können?*

Er war sich sicher, dass sie es ihm mit Absicht schwer machen wollte, aber er wollte diese Prüfung unbedingt bestehen!

»Zuerst das Wasser in den Topf und dann salzen. STOPP! Nicht zu viel!«, rief sie und kicherte. »Herd einschalten … Moment, das mache ich, bevor du meine Küche in Brand setzt.«

Sie zog ein Päckchen Streichhölzer aus einer Schublade hervor und entfachte kleine bläuliche Flammen auf dem Herd. Dann ging sie zum Fenster und öffnete es. »Dieser Gasherd ist nicht mehr der jüngste, also behandle ihn mit Respekt«, scherzte sie und schwang sich erneut auf den Küchenschrank.

»Du willst mich scheitern sehen«, merkte er an.

»Du musst nur den Topf auf die Flamme stellen … den mit dem Wasser. Gut und wenn es kocht, müssen die Nudeln rein.«

»Wenn es kocht? Ich dachte, ich muss kochen.« Jetzt war er mehr als verwirrt. Die Tatsache, dass Emma erneut lachte, machte es ihm nicht leichter.

»Es kocht, wenn es blubbert. Alles andere wäre jetzt zu kompliziert«, behauptete sie.

Trotz ihrer ausführlichen Anleitung und seiner Bemühungen, hatte er das Gefühl am Ende ein wenig erfolgreiches Ergebnis abzuliefern.

»So schlecht sieht es nicht aus«, versuchte er es zu überspielen.

»Ja, wenn man die Augen zu macht«, scherzte sie. »Aber ich werde es trotzdem probieren.« Sie zog den Teller heran.

»Vielleicht besser nicht«, hielt Kilian sie zurück. Emma lachte.

»Na gut, du hast mich überzeugt. Wir verzichten auf den Herd, aber einen Kühlschrank kriege ich trotzdem.«

»Sagtest du nicht …«, fing er an, aber Emma winkte ab.

»Unsinn. Du hast dich bemüht. Das ist viel mehr Wert, aber nochmal lasse ich dich nicht kochen und wehe du versuchst es alleine.«

Kapitel 11

„Das Pizzagesetz“

Der Wartesaal im Gerichtsgebäude war durchweg gut besucht. Kilian hatte sich etwas zum Lesen mitgenommen, aber er konnte sich nicht recht konzentrieren. In der ersten halben Stunde weinte ein kleines Kind, nur zwei Plätze entfernt, welches die anwesende Mutter nicht zu beruhigen wusste. Kaum waren sie weg, tauchten zwei polnische Familien auf, die sich lautstark gegenseitig beschimpften.

Erst als einer der Männer auf einen anderen losging, griff das anwesende Sicherheitspersonal ein, was die Lautstärke und somit die Unruhe in dem Saal noch einmal erhöhte.

Danach ging es zwei Stunden ähnlich turbulent weiter und Kilian war froh, als Emma endlich wieder zu ihm stieß.

»Wie ist es gelaufen?«, fragte er sofort.

»Besser als erwartet. Der Anwalt meinte, mit etwas Glück könnte ich das alleinige Sorgerecht für Jillian erhalten. Jetzt muss ich nur noch die ärztliche Untersuchung, sowie die Begutachtung des Jugendamtes bestehen«, berichtete Emma, während sie das Gebäude verließen.

»Das wird eine Kleinigkeit«, bestärkte Kilian sie.

»Meinst du? Ich kann mir noch gar nicht vorstellen, dass es wirklich funktioniert. Fünf Jahre lang durfte ich sie nicht ein einziges Mal sehen und demnächst soll sie bei mir einziehen dürfen? Ich weiß gar nicht, ob ich dem gewachsen bin.«

»Du wirst es ganz wunderbar machen und ich werde dich unterstützen, so gut ich kann«, versicherte Kilian und hielt ihr die Tür zu seinem Wagen auf.

»Wo warst du nur die letzten fünf Jahre meines Lebens?«, fragte sie und stieg ein.

»Überall und nirgends«, sagte er mehr zu sich selbst, bevor er ebenfalls Platz nahm, um zu ihrer Wohnung zu fahren.

Im Hausflur trafen sie auf eine Nachbarin.

»Guten Tag«, grüßte Emma knapp und machte den Eindruck möglichst schnell in ihrer Wohnung verschwinden zu wollen.

»Hallo, Emma. Ich hörte Sie wollen ausziehen?«, verwickelte die Frau sie in ein Gespräch. Emma nickte.

»Ja, leider komme ich vor April nicht aus dem Vertrag heraus, wenn ich nicht selbst einen Nachmieter finde. Sie müssen mich also noch eine Weile ertragen«, entschuldigte sie sich.

»Ab wann würden Sie denn jemanden suchen?«, hakte die Nachbarin weiter nach. Emma warf ihm einen raschen Blick zu. Er glaubte eine Spur Unsicherheit darin zu erkennen.

»Je früher, desto besser«, ergriff Kilian an ihrer Stelle das Wort.

»Oh, das wäre ja wunderbar. Mein Neffe sucht dringend nach einer Wohnung. Seit September studiert er hier an der Uni. Seine Familie kommt aus Hamburg, weshalb er während des Semesters bei mir übernachtet hat. Ich habe aber eigentlich nicht genug Platz …«

»Ab wann könnte er einziehen?«, unterbrach Emma den Redefluss.

»Er wollte morgen Abend wieder nach München kommen, wenn Sie …«

»Einverstanden«, fiel Emma ihr erneut ins Wort und öffnete die Tür zu ihrer Wohnung.

»Vielen Dank, Emma. Er wird natürlich für den kompletten Januar aufkommen«, rief die Frau ihr noch nach, bevor Emma die Sicht auf den Flur hinter ihnen verschloss. Seufzend lehnte sie sich gegen die Wand und schloss für eine Sekunde die Augen.

Kilian lächelte leise.

»Du kannst es wohl kaum erwarten, bei mir einzuziehen.«

Emma öffnete die Augen und schaute ihn mit einem Blick an, von dem er nicht sagen konnte, ob es Ärger oder Furcht war.

»Entschuldige«, murmelte sie überraschend und stieß sich von der Wand ab. »Ich wollte mich dir nicht aufdrängen. Ich war nur plötzlich so erleichtert hier weg zu kommen.«

Kilian griff nach ihrem Handgelenk und zog sie in seine Arme.

»Das was ich vorhin gesagt habe, meinte ich auch so! Ich würde dich liebend gerne sofort mit zu mir nehmen und nie wieder gehen lassen«, wisperte er dicht an ihrem Ohr und vergrub die Nase in ihren Haar.

»Viele Alternativen bleiben auch nicht. Ein Hotel würde den finanziellen Rahmen sprengen und meine Eltern würden mich für verrückt erklären, wenn ich plötzlich bei ihnen vor der Tür stehe«, gab sie leise zurück.

»Dann bleibt nur noch die Frage, wen ich anrufe, um deine Sachen in unsere gemeinsame Wohnung zu schaffen.«

»Niemanden«, entschied sie und löste sich von ihm. Mit hochgezogenen Augenbrauen sah er sie an.

»All meine Habseligkeiten passen in fünf Kisten. Ich glaube kaum, dass wir dafür Hilfe brauchen.«

»Was ist mit dem Rest? Willst du die Möbel nicht behalten?«

Emma schüttelte den Kopf.

»Die Küche gehört zur Wohnung, dein Bett ist tausendmal bequemer als meins und die Kommode fällt auseinander, wenn man die Schubladen zu schnell aufzieht.«

»Na gut, wenn du dir sicher bist«, willigte er ein und sah sich um. »Wo fangen wir an?«

»Vielleicht könntest du die Sachen aus dem Keller holen? In den zwei geschlossenen Kisten sind meine Zeichensachen, die können wir direkt ins Auto packen. In die drei leeren Kartons passt der Rest«, fasste sie zusammen. Kilian nickte und griff nach dem Schlüssel, welchen sie ihm entgegenstreckte.

»Die zweite Tür auf der linken Seite«, rief sie ihm nach.

Kilian war froh, die gesprächige Nachbarin nicht erneut zu treffen, als er die Stufen hinabstieg.

Der Keller war schmal und er fragte sich kurz, wie Emma es angestellt hatte, die beiden Kisten mit den Malutensilien überhaupt unterzubringen. Er brauchte eine gefühlte Ewigkeit, bis er es endlich geschafft hatte, ihre Sachen unbeschadet in seinem Auto unterzubringen.

Als er mit den leeren Kisten in ihre Wohnung zurückkehrte, lag Emma bereits wartend auf dem Bett und starrte an die Decke. Ihre Kleidung war fein säuberlich auf der Küchenzeile gestapelt, während ihre Bücher und ein wenig Kleinkram auf dem Esstisch Platz gefunden hatten. Beim Anblick ihrer Zahnbürste zwischen all den Dingen überkam ihn ein warmes Gefühl in der Magengegend. Dieser kleine Gegenstand hatte mit einem Mal eine derart tiefe Bedeutung, dass er sie allein für diesen Anblick in seine Arme schließen wollte.

»Ist es nicht seltsam«, murmelte Emma. »So viele Jahre habe ich in diesen vier Wänden verbracht und jetzt habe ich nicht einmal das Gefühl, dass ich sie vermissen werde.«

»Wieso solltest du auch? Es sind nicht immer die Orte, an denen unsere Herzen hängen, sondern die Menschen und das, was wir mit ihnen erleben.«

Er stellte die Umzugskartons an der Garderobe ab und setzte sich neben sie auf die Matratze. Emma wandte den Blick.

»Aber ich mochte diesen Ort immer. Das kleine Bett, den kurzen Weg zum Kühlschrank, die Badewanne«, zählte sie auf.

»Dieses Bett mag ich auch, besonders wenn du darin liegst«, hauchte er und beugte sich vor, um sie zu küssen.

»Ich wette, das sagst du über jedes Bett«, lächelte sie und legte die Hände in seinen Nacken.

»Du hast mich durchschaut.« Erneut küsste er sie. »Und jetzt sollten wir rasch deine Sachen einpacken, immerhin sind wir noch bei deinen Freunden eingeladen«, erinnerte er sie widerwillig. Nicht etwa, weil er Sandra und Jan nicht gerne besuchen würde. Vielmehr bedauerte er sich die Chance entgehen zu lassen sie noch ein letztes Mal in ihrer Wohnung lieben zu dürfen.

»Du hast recht«, seufzte sie und warf einen Blick zur Uhr, als hoffte sie, so mehr Zeit zu bekommen.

»Wenn wir erst einmal zusammen leben, haben wir auch mehr Gelegenheit für Zweisamkeiten«, versprach er.

»Du vergisst, dass ich nach wie vor zwei Arbeitsstellen habe«, erinnerte sie ihn, stand auf und faltete einen der Kartons auf, um ihre Sachen hineinzulegen.

»Was das angeht …«, fing er vorsichtig an. Er wollte ihr keinesfalls verbieten zu arbeiten, doch er sorgte sich ein wenig in Bezug auf die Schwangerschaft. »Hast du über das nachgedacht, was Gustav gesagt hat? Du könntest die Stunden in der Bar für eine Zeit lang reduzieren. Jetzt wo du keine Miete mehr zahlen musst …«

»Ich werde nicht kostenlos bei dir wohnen.«, griff sie ein.

»Ich zahle keine Miete, Emma. Mr. Bell stellt jedem seiner Mitarbeiter eine angemessene Unterkunft zur Verfügung, welche sich ganz nach den Bedürfnissen des Einzelnen richtet.«

»Demnach arbeitest du dafür, dass du dieses Leben führen kannst«, widersprach sie.

»Wie viele Stunden arbeitest du in der Woche?«, erkundigte er sich. Sie dachte einen Moment nach.

»Sechs Tage die Woche bin ich für sieben Stunden in der Bar. Zweimal wöchentlich für ein bis zwei Stunden bei Frau Siebers …« Ihre Stimme wurde immer leiser. Er wartete geduldig.

»Je nach Woche würde ich sagen, dass ich zehn bis zwölf Stunden als Haushaltshilfe arbeite«, sagte sie nach einer Weile und stopfte ihre Kleider achtlos in einen Karton.

»Offiziell«, warf er ein und sortierte die Bücher in eine weitere Kiste.

»Wie bitte?«

»Offiziell bist du zweiundfünfzig Stunden beruflich unterwegs, aber ich weiß genau, dass du hin und wieder ganz umsonst kleine und größere Gefallen für die älteren Herrschaften verrichtest.«

»Dafür bin ich unpünktlich, wenn es um die Bar geht«, meinte Emma. Er lachte.

»Das macht es nicht besser. Du arbeitest wesentlich mehr Stunden, als ich.«

»Und das stört dich?«

»Nein, aber ich finde es nicht fair, dass du dein wesentlich geringeren Verdienst an mich abtreten willst, weil ich dich überredet habe zu mir zu ziehen.

Leg das Geld beiseite für dein Studium, für Jillian oder meinetwegen für dieses kleine Wesen, das in dir wächst. Ich habe mehr als genug zum Leben und weiß jetzt schon nicht wohin damit. Nimm diese Sache an und versprich mir, dass du dich nicht zu sehr stressen wirst.«

»Ich hatte überlegt meinen Zweitjob aufzugeben und nur noch bei Gustav in der Bar zu arbeiten«, murmelte sie, ohne ihn anzusehen.

»Bist du dir sicher?«, hakte er nach.

»Die Arbeit als Kellnerin macht mir mehr Spaß, auch wenn ich natürlich nicht sicher bin, wie es sein wird ... jetzt wo Sandra gekündigt hat.«

»Du solltest eine Weile abwarten und wenn es nichts mehr für dich ist, finden wir etwas anderes«, ermutigte Kilian sie.

Emma nickte und schloss den Karton.

»Ich bringe die Sachen ins Auto. Möchtest du dich von dieser Wohnung verabschieden und deiner Nachbarin Bescheid geben, damit sie den Vermieter anrufen kann?«

Emma verzog das Gesicht.

»Ich möchte nicht alleine mit ihr sprechen«, gab sie ihm zu verstehen.

»Verstehe, sie redet viel. Es ist sicher nicht leicht, sie wieder los zu werden.«

»Die Menge ist nicht das Problem, eher das, was sie so sagt. Normalerweise beschwert sie sich einmal im Monat über meine laute Musik, vor zwei Tagen jedoch hat sie mich lauthals im Hausflur beschimpft, wegen der "*unsittlichen und lauten*" Geräusche, welche regelmäßig aus meiner Wohnung zu hören seien.«

Bereits im Treppenhaus wehte ihnen ein angenehmer Duft von Teig und geschmolzenem Käse entgegen, gefolgt von Sandras Stimme.

»Ihr seid spät dran, aber gerade rechtzeitig zum Essen. Hoffentlich habt ihr eine gute Erklärung und Familienplanung wird nicht als Grund akzeptiert.«

»Geht es noch lauter, Sandra? Es reicht, dass meine Nachbarn wissen, was ich wann und wie treibe«, schimpfte Emma und konnte ein Grinsen nicht ganz verbergen. Den Blondschopf musste man einfach gern haben, das hatte auch Kilian schnell gemerkt.

»Sorry, Emmchen. Aber es ist zu verlockend, wenn du immer gleich rot wirst wie eine Tomate.« Mit diesen Worten drückte Sandra ihre Freundin zur Begrüßung.

Kilian begrüßte sie ebenfalls mit einer Umarmung.

»Jan ist in der Küche. Geht schon mal ins Wohnzimmer. Ich hole Getränke«, wies Sandra sie beide an.

Kilian folgte Emma durch die riesige Wohnung. Er war zum ersten Mal hier, aber die teure und großzügige Ausstattung überraschte ihn nicht. Emma hatte erzählt, dass Sandras Familie reich war und sie nur zum Spaß in der Bar gearbeitet hatte.

Auf dem Wohnzimmertisch standen vier Gläser und ein paar bunte Teelichter. Allgemein war die Einrichtung sehr farbenfroh, von den gelben Wänden bis hin zum roten Sofa.

Emma schnappte sich eines der blumigen Sofakissen und setzte sich auf den Boden.

»Glaubst du auf der Couch sei nicht genug Platz für alle?«, fragte Kilian amüsiert.

»Wir kriegen doch etwas zu Essen. Wenn ich auf dem Sofa sitze, ist der Tisch auf Kniehöhe und bevor die Pizza es in meinen Mund schafft, habe ich die Hälfte auf dem Schoß.«

»Ach, das schaffst du auch, wenn du da unten sitzt«, scherzte Sandra, die soeben hereinkam. Sie stellte zwei Flaschen Limo und eine weitere mit Wasser zu den Gläser, bevor sie sich neben Kilian auf das Sofa setzte.

»Dann erzählt mal, was gibt es Neues?«, forderte Sandra.

»Ich habe meine Wohnung gekündigt und bin heute spontan bei Kilian eingezogen«, sagte Emma gerade heraus.

»Im Ernst? Ich dachte eigentlich, du erzählst mir etwas über die Gerichtsverhandlung und dann haust du mir diese Neuigkeiten um die Ohren, als würdest du das ständig tun.«

Emma lachte.

»Okay, was habe ich verpasst?«, erkundigte sich Jan, der beladen mit einem riesigen Teller hereinkam.

»Hmm, Käse«, seufzte Sandra und starrte begierig auf das Essen.

»Bedient euch«, warf Jan ein und setzte sich ebenfalls.

»Emma und Kilian wohnen jetzt zusammen«, verkündigte Sandra und nahm ein Stück Pizza vom Teller.

Kilian hatte nie zuvor Pizza gegessen. Er beobachtete für einen Moment, wie Emma ebenfalls nach dem Essen griff, bevor er es ihr gleich tat.

»Ihr zieht zusammen und ich erfahre es als Letzter?«, tat Jan beleidigt, was bei einem Kerl seiner Größe leicht befremdlich wirkte.

»Als zweiter«, korrigierte Emma zwischen zwei Bissen. »Es steht erst seit zwei Stunden fest.«

»Hör dir das gut an. Du hast drei Jahre gebraucht, bis du zugestimmt hast, bei mir einzuziehen«, ärgerte Sandra ihren Verlobten.

»Ich bin nun mal langsam. Das wusstest du vom ersten Tag an«, verteidigte Jan sich grinsend.

Sandra verdrehte die Augen und wandte sich wieder der Pizza zu.

»Schmeckt es euch?«, wollte Jan wissen.

»Hervorragend«, bestätigte Emma. Kilian nickte zustimmend.

»Und was ist jetzt bei dem Termin vor Gericht herausgekommen?«, fragte Sandra.

»Es gibt noch keine endgültige Entscheidung, aber der Anwalt glaubt, dass ich gute Chancen habe. Joanne hat dieses Mal nichts gegen mich in der Hand. Richard hat sogar in meinem Sinne ausgesagt.«

»Oho, das wird Joanne nicht gefallen«, kommentierte Sandra. Emma nickte.

»Sie ist vor Wut ganz rot geworden.«

»Und was sagt Jillian zu der ganzen Geschichte?«, erkundigte Jan sich.

»Sie will bei mir leben, beziehungsweise bei uns«, meinte Emma und warf Kilian einen raschen Blick zu.

»Verständlich! Bei dieser bösen Hexe würde ich auch nicht freiwillig wohnen wollen«, schnaubte Sandra.

»Weißt du schon, wann es zu einer Entscheidung kommen soll?«, fragte Jan weiter.

»Im Februar wird es noch eine Verhandlung geben und dann wird es entschieden«, berichtete Emma.

»So spät erst? Ich hatte gehofft, sie auch nochmal zu sehen«, schmollte Sandra und schob sich ihren letzten Bissen Pizza in den Mund.

»Sie soll vorher für ein paar Tage zu Besuch kommen«, meldete Kilian sich zu Wort.

»Perfekt! Bringt Jillian doch einfach mit zur Hochzeit.«

»Ist das nicht etwas kurzfristig?«, ging Emma vorsichtig auf Sandras Vorschlag ein.

»Ganz und gar nicht«, bestand die darauf.

»Ihre Cousine hat heute Morgen spontan abgesagt«, teilte Jan ihnen gedämpft mit.

»Stopp«, rief Sandra so laut, dass Emma zusammenzuckte und in ihrer Bewegung erstarrte.

»Emma! Du kannst doch nicht einfach das letzte Stück Pizza nehmen«, sagte sie vorwurfsvoll.

»Wieso nicht? Ich habe Hunger.«

»Wann hast du mal keinen Hunger?«

»Heißt das jetzt, ich darf es haben?«

»Das ist meine Pizza!« Sandra zog den Teller zu sich heran.

»Ich dachte, Jan hätte sie für alle gemacht«, hielt Emma dagegen.

»Ganz genau. Ich habe sie gemacht und deshalb steht mir das letzte Stück zu«, fiel der grinsend in die Diskussion ein.

»Dir steht gar nichts zu. Du bist schuld, dass eins übrig ist. Wer schneidet eine Pizza in neun Teile?«, fragte Sandra.

»Ich dachte nicht, dass Kilian auch etwas davon essen würde«, verteidigte Jan sich.

»Wieso sollte ich nichts essen?«, wollte Kilian amüsiert wissen.

»Du spielst in einer anderen Liga, trinkst nicht mal Alkohol«, gab Jan zurück.

»Nur weil ich dieses grausige Erdengetränk namens Bier nicht anrühre, heißt das nicht, dass ich ausschließlich Wasser trinke«, offenbarte Kilian.

»Na schön, geben wir unserem außerirdischen Gast das letzte Stück«, lachte Jan. Sandra stemmte die Arme in die Seiten.

»Erst willst du ihm gar nichts geben und jetzt soll er das letzte Stück bekommen?«, schimpfte sie.

»Was schlägst du denn vor?«

»Also, das Pizzagesetz besagt: *Die zukünftige Braut hat immer Recht*«, behauptete Sandra.

»Ich dachte, es besagt: *Jeder hat ein Recht auf Pizza*«, warf Emma ein.

»Und gestern hast du noch behauptet, es besagt: *Nur eine Pizza mit Käse, ist eine glückliche Pizza.*«

»Es gibt eben … Emma!«, schimpfte Sandra erneut, als diese sich die Pizza einfach schnappte und in den Mund stopfte.

»Was denn? Das Baby hat Hunger!«, mampfte sie mit vollem Mund.

»Ernsthaft? Du spielst die Schwangerenkarte? Wir hätten es auch schwesterlich teilen können«, murrte Sandra.

»Sei nicht böse. Jan backt dir noch hundert Pizzen, wenn du ihn darum bittest«, besänftigte Emma ihre Freundin.

Kapitel 12

„Ruf der Heimat“

Es war das erste Mal, dass er auf einer Erdenhochzeit dabei war. Er kannte die Gebräuche und Traditionen nicht. Daher war er froh, dass Emma ihm fortlaufend erklärte, was gerade passierte und insbesondere, wie er sich zu verhalten hatte.

»Wozu trägt die Braut ein weißes Kleid? Ich dachte, Sandra mag bunte Farben«, merkte Kilian an.

»Ich weiß es nicht genau, aber ich vermute es steht für Unschuld und Reinheit. Es ist ein Zeichen für Jungfräulichkeit«, erklärte Emma. »Mich würde niemand in so ein Kleid kriegen. Gut, dass ich eine Tochter habe«, ergänzte sie und beobachtete, wie Jillian mit den anderen Kindern spielte.

»Willst du denn irgendwann mal heiraten?«, erkundigte Kilian sich und griff nach ihrer Hand. Emma lachte.

»Bloß nicht.«

»Weshalb?«

»Ich wäre eine ganz furchtbare Ehefrau«, behauptete sie.

»Unsinn, außerdem solltest du diese Beurteilung mir überlassen«, gab Kilian zurück.

»Komm jetzt nicht auf komische Ideen«, warnte sie ihn und zog ihre Hand zurück. Er verkniff sich ein Grinsen.

»Keine Sorge, dafür bin ich nicht richtig vorbereitet. Ich müsste erst einmal herausfinden, wie das auf der Erde so funktioniert.«

»Ach ja? Wie funktioniert es denn auf Umbria?«, wollte sie wissen.

»Es gibt ganz verschiedene Traditionen. Da wo ich herkomme, ist es üblich einen speziellen Edelstein in Form einer Kette, eines Armreifens oder Rings zu verschenken.

In den Dörfern tief im Wald bringt man der Familie eine Gabe, in Form von seltenen Beeren oder einer Jagdtrophähe. In den alten Ländern ist es etwas komplizierter. Dort gilt es bestimmte Sonnenzyklen einzuhalten und Rituale zu befolgen«, erklärte Kilian.

»Dann kannst du ja froh sein, davon verschont zu bleiben«, meinte Emma.

»Wir werden sehen.« Er grinste.

»Gar nichts wirst du sehen. Meine Entscheidung steht fest.« Sie verschränkte die Arme und lehnte sich auf ihrem Stuhl zurück.

»Hör auf so zu grinsen. Ich bin gegen eine Hochzeit sowohl jetzt, als auch in Zukunft.«

»Wieso glaube ich dir nicht?«, fragte er und gab die Antwort selbst.

»Ich weiß es. Vermutlich, weil du auch gegen eine Beziehung warst oder dagegen bei mir einzuziehen. Du warst anfangs sogar dagegen mit mir Essen zu gehen.«

»Mag sein, aber du kannst nicht immer alles kriegen, was du willst«, behauptete Emma.

»Das glaube ich dir erst, wenn du mich vom Gegenteil überzeugst.«

»Gehst du mit mir eislaufen?« Jillian stand plötzlich an ihrem Tisch.

»Eislaufen?«, wiederholte Emma verwirrt.

»O ja, wir haben draußen eine Schlittschuhbahn für die Gäste aufbauen lassen. Wenn es schon so kalt ist und Schnee liegt, muss man es ausnutzen«, meinte Sandra, die ebenso überraschend aufgetaucht war, wie Jillian zuvor.

»Auf diese verrückte Idee muss man erstmal kommen«, lachte Emma und stand auf.

»Aber schwanger darfst du nicht auf das Eis«, hielt Sandra sie zurück.

»Schon klar, aber ich weiß, wer an meiner Stelle mit Jillian fährt und das will ich mir ansehen.« Emma warf ihm ein freches Grinsen zu.

»Kann Sandra nicht einspringen? Ich glaube nicht, dass ich es kann«, versuchte Kilian aus der Sache herauszukommen.

»Kein Problem«, freute Sandra sich.

»Willst du mit mir fahren, Jillian?«

Das Mädchen schüttelte den Kopf und streckte stattdessen ihm ihre Hand entgegen.

»Tut mir wirklich leid. Jetzt musst du es wohl lernen«, entschuldigte Sandra sich.

--- Montag 28. Januar ---

»Du möchtest demnach ein Erdenmädchen mit nach Umbria nehmen?« Christian Bell musterte ihn neugierig. Kilian war der Aufforderung wie versprochen nachgekommen und hatte gleich nach der Feier zum Jahreswechsel bei seinem Chef angerufen und ein Zreffen vereinbart.

»Ich … wie kommt Ihr zu der Annahme, dass ich zurück möchte? Ich mache meine Arbeit gewissenhaft«, versicherte Kilian und richtete sich bewusst auf.

»Durchaus«, bestätigte Bell sogleich. »Du bist einer der Besten und ich hätte dich gerne weiterhin in meinem Team.

Allerdings sprechen die Umstände für etwas anderes. Berichtige mich, wenn ich falsch liege, aber Jaron war ein Eiswandler, nicht wahr?«

Christian Bell kannte jeden seiner Angestellten ganz genau. Er wusste um die Familienstruktur Bescheid und behielt stets die wichtigsten Informationen abrufbereit. Kilians Vater hatte tatsächlich diese Fähigkeit besessen und es war allgemein bekannt, dass die Gabe meist eine Generation übersprang.

Es wunderte Kilian nicht, dass sein Chef Emmas Schwangerschaft gleich bemerkt hatte.

Er hatte ein Talent für diese Dinge, konnte sein Gegenüber lesen, wie ein offenes Buch und nutzte es stets zu seinem Vorteil aus.

»Du weißt genauso gut, wie wir alle, dass dieses Mädchen nicht sicher wäre, wenn sie eine solche Fähigkeit hätte«, erinnerte Bell ihn an das Wichtigste.

»Ein Mädchen?«, hakte Kilian nach.

»Nur eine Vermutung meinerseits. Ich selbst habe drei Jungen, wie du weißt. Sie klangen anders«, merkte Bell an. Es war nicht so, dass Kilian sich eines von beidem gewünscht hätte. Schon gar nicht, nachdem seine eigene Mutter ihm ein Leben lang erzählt hatte, dass sie lieber eine Tochter gehabt hätte. Aber er hatte mitbekommen, wie Jillian gesagt hatte, sie würde sich freuen eine kleine Schwester zu bekommen.

»Dann rätst du uns also nach Umbria zu gehen, obwohl Emma keinen Seelenstein besitzt?«, erkundigte Kilian sich, dass er den Hinweis richtig verstanden hatte.

»Ihr solltet mit einem Seelenhaupt sprechen. Es gibt Ausnahmen. Ich kenne einige Fälle, bei denen niemand zu Schaden gekommen ist. Hier zu bleiben, stellt ein größeres Wagnis da«, gab Christian Bell zurück.

»Ich bin nicht sicher, ob es der richtige Weg ist, aber es wäre nicht verkehrt, dem ungeborenen Kind einen Seelenstein zu ermöglichen«, stimmte Kilian zu. Es gab Mittel und Wege, für einen Erwachsenen, auch ohne Seelenverankerung auf Umbria zu überleben. Er dachte dabei an Jillian. Das Mädchen hätte wenig Chancen und er würde Emma nicht die Möglichkeit nehmen, ihre Tochter aufwachsen zu sehen.

»Angenommen, wir würden uns entschließen nicht zu gehen …«

»Wenn ihr lieber hier bleiben wollt, müssten wir einige Sicherheitsvorkehrungen treffen. Zunächst bräuchten wir eine Heilerin und einen Seelenwächter. Ihr solltet euch Zeit nehmen, es in Ruhe zu entscheiden. Aber lasst nicht zu viele Wochen vergehen. Ich werde bis Mitte März in Deutschland bleiben und mich um einige Geschäfte kümmern. Wie ihr euch auch entscheidet, die Firma wird euch unterstützen.«

»Vielen Dank«, gab Kilian zurück und reichte Christian Bell die Hand.

Piroz begleitet sie zurück zum Aufzug.

»Du solltest mit Patrick sprechen. Wir holen ihn morgen früh zurück«, eröffnete Piroz ihm.

»Das wird auch langsam Zeit. Ich glaubte schon, er würde gar nicht mehr zur Erde kommen«, scherzte Kilian.

»Es ist das typische Muster. Die meisten kommen jung, bleiben fünf bis zehn Jahre, heiraten, bekommen Nachwuchs und gehen zurück, um der nächsten Generation Platz zu machen. Kaum jemand bleibt für immer auf der Erde.«

--- Dienstag, 29. Januar ---

Um Punkt achtzehn Uhr stand Patrick vor seiner Tür.

»Schön dich zu sehen«, grüßte Kilian und ließ seinen Freund eintreten.

»Hast du sie gezwungen bei dir einzuziehen?« Natürlich entgingen Patricks wachsamen Blick die Veränderungen nicht. Auch wenn Emma kaum persönliche Dinge mitgebracht hatte.

»Was macht dich so sicher, dass es Emma ist?«, versuchte kilian ihn ein wenig herauszufordern. Doch Patrick kannte ihn zu gut und lachte.

»Dein Gesicht, mein Freund. Es sagt mir alles, was ich wissen sollte.«

»Alles vielleicht nicht«, gab Kilian zurück und bot Patrick einen Stuhl und etwas zu trinken an, bevor er selbst sich setzte.

»Jetzt bin ich neugierig«, entschied Patrick und sah ihn abwartend an.

»Ich hoffe, du urteilst nicht zu rasch über mich. Es war vielleicht anders geplant, aber für mich ist es deshalb nicht weniger wert. Im Gegenteil, es ist mit das wunderbarste, dass mir bisher widerfahren ist.«

Kilian zögerte es hinaus, wusste nicht recht wie er es sagen sollte und hoffte, dass sein Freund ihn verstehen würde. Patrick schwieg gespannt.

»Wir bekommen ein Baby.«

»Das ist ja wunderbar«, freute Patrick sich und sprang auf.

»Wie lange ich auf diesen Tag gewartet habe … du führst mich aber nicht an der Nase herum, oder?«, hakte er streng nach. Kilian lachte.

»Nein, ganz bestimmt nicht«, versicherte er.

»Seit wann weißt du es? Was sagt sie dazu? Wie geht es weiter? Habt ihr es schon irgendwem erzählt?« Die Worte sprudelten nur so aus Patrick heraus.

»Wir wissen es ungefähr seit vier Wochen. Sie freut sich drauf, ich natürlich auch. Wir waren gestern bei Mr. Bell und seitdem überlegen wir wohin … aktuell liegt Umbria leicht vorne … und das nicht wegen mir«, versuchte Kilian es zusammenzufassen.

»Ihr wollt nach Umbria? Ich dachte, du hättest damit abgeschlossen.«

»Mein Vater war ein Eiswandler«, erinnerte er Patrick.

»Ein gutes Argument.«

»Es hat sich viel verändert in den letzten Wochen. Aber nicht nur bei mir, habe ich recht?«, fragte Kilian.

Sein Freund machte ein paar Schritte durch den Raum.

»Tanja und die Kinder sind direkt dort geblieben. Ich bin nur hier, um alle Formalitäten zu klären und mich von dir zu verabschieden. Eigentlich hatte ich mir alles zurechtgelegt. Dass wir dich vermissen werden, mindestens viermal im Jahr zu Besuch kommen würden … und dann erfahre ich, dass du den selben Weg einschlagen wirst.«

»Ich bin mir noch nicht sicher.«

»Weshalb? Emma scheint ja nicht das Problem zu sein«, meinte Patrick.

»Nein, aber es könnte schwierig werden, Jillian ebenfalls mitzunehmen.«

»Hatte der Anwalt Erfolg?«

Kilian hatte seinem Freund die gesamte Situation ausführlich geschildert, nachdem dieser ihm die Nummer besorgt hatte.

»Es sieht ganz danach aus, als dürfte Emma das Mädchen zu sich holen. Ich möchte nicht, dass es meinetwegen zu ernsthaften Schwierigkeiten kommt. Wir wissen nicht, ob Jillian eine Chance hätte, auf Umbria zu überleben.«

Kapitel 13

„Durch das Portal“

Wie versprochen brachte Richard das Mädchen am Morgen zu ihnen. Die Wohnung war leer und die Taschen standen gepackt im Hausflur. Viel würden sie nicht mitnehmen.

Wie immer hatte Christian Bell sich um alles gekümmert. Es würde ein kleines Häuschen auf sie warten. Eine Heilerin, so wie ein Seelenwächter und natürlich Patrick mitsamt seiner Familie.

Emma hatte ihren Eltern und Gustav erzählt, dass sie nach Amerika auswandern würden. Jan und Sandra kannten als einzige die Wahrheit.

»Wo wirst du mit ihr hingehen?«, fragte Richard an Emma gewandt und ließ den Blick über die Koffer wandern. Sein Gesicht war freundlich und wohlwollend, aber in seiner Stimme schwang Traurigkeit mit.

»Das möchte ich lieber nicht erzählen. Es tut mir wirklich leid, wie es gelaufen ist. Mir wäre es lieber gewesen, wir hätten von Anfang an eine andere Lösung gefunden«, sagte Emma mitfühlend. Richard nickte.

»Ich habe Joanne immer davor gewarnt, dass der Tag kommen würde, an dem Jillian dich würde kennenlernen wollen und auch, dass sie sich dafür entscheiden könnte bei dir zu leben.

Versteh mich nicht falsch Emma. Im Gegensatz zu meiner Frau habe ich immer viel von dir gehalten.

Schon damals konnte ich nicht verstehen, was ein so vernünftiges Mädchen mit einem Taugenichts - wie David einer war - zu tun haben wollte. Vielleicht war es dieser Charme, den er gegenüber des weiblichen Geschlechts versprüht hat.«

»Ich nehme an, es war der Reiz des Verbotenen. Ich habe versucht meinen strengen Eltern zu entfliehen und wollte nicht dieses langweilige Spießerleben, welches sie geführt haben.«

»Ich bin jedenfalls froh, dass du dich dem Mädchen annimmst und hoffe, dass es nicht zu spät ist.«

»Zu spät wofür?«

»Joannes Fehler zu korrigieren.«

Es schneite, als sie aus dem Auto stiegen. Das war ein gutes Zeichen. Offensichtlich war es gelungen, den Drachen zu bergen.

Christian Bell hatte ihm vor zwei Tagen eine Nachricht zukommen lassen, dass sie den Aufenthaltsort des verirrten Wesens entdeckt hatten. Der Plan war es, dass sie gemeinsam mit dem Drachenbaby nach Umbria reisten, um Shala das Seelenhaupt hinsichtlich Emma und Jillian zu besänftigen.

Die beiden gehörten nicht in seine Welt und allein Shala hatte die Macht über das Leben zu entscheiden.

»Lass uns hinübergehen. Wir hören uns an, was dieses Seelenhaupt zu sagen hat und wenn sich keine Lösung findet, gehen wir zurück zur Erde«, hatte Emma vorgeschlagen und ihn letztendlich überzeugt. Zudem hatte sie von sich aus vorgeschlagen zu heiraten, was ihn angesichts ihrer strikten Abneigung - noch vor wenigen Wochen - beinahe aus der Bahn geworfen hatte.

»Ich dachte nicht, dass er so klein sein würde«, flüsterte Emma und betrachtete den winzigen Drachen in den Armen eines jungen Mannes. Kaum größer als eine Katze war das Wesen. Die Flügel schützend um den Körper gehüllt schlief er seelenruhig.

»Guten Tag, Kilian, Emma und das muss die kleine Jillian sein.« Mr. Bell hatte es sich nicht nehmen lassen wollen, sie persönlich hinüber zu bringen. Im Regelfall hatte er seine Angestellten dafür. Es gab genügend Weltenwandler, die in der Lage gewesen wären eine kleine Familie und einen so jungen Drachen durch das Portal zu führen.

Noch immer betrachtete Emma den Eisdrachen, während Jillian interessiert zu den Waffen der Männer schaute.

»Möchten Sie ihn nehmen? Er ist harmlos und zudem sehr schläfrig«, sprach Bell Emma direkt an.

»Ich … ähm …«, stammelte sie, während der Aufpasser ihr bereits den schlafenden Drachen in die Arme legte.

»Er ist ganz warm«, stellte sie überrascht fest.

»Dabei dachte ich, er sei für das kühle Wetter verantwortlich.«

»Das ist er auch«, sagte Kilian.

»Wenn ihr bereit seid, sollten wir uns jetzt auf den Weg machen, bevor es dunkel wird«, erinnerte Bell sie.

»Dunkel?«, fragte Emma verwirrt. Auf der Erde war es kurz vor vierzehn Uhr, doch auf Umbria würde die Sonne bald untergehen.

Ende

Epilog

○○○Fünf Jahre später○○○

---Umbria 3554 nach Beginn der Sonnenzeit---

Eine ganze Weile stand er da und starrte in den Himmel. Er hatte Seelenbefreiungen noch nie gemocht, aber in diesem Moment war er dankbar, dass die Seelen Emma aufgenommen hatten, obgleich sie nicht auf Umbria geboren war.

»Das war´s für mich. Ich werde jetzt gehen«, riss Jillian ihn aus seinen Gedanken.

»Wie bitte?«, fragte er verwirrt.

»Jetzt wo sie tot ist, gibt es nichts mehr für mich.«

»Niemand sagt, du müsstest gehen. Du bist ein Teil dieser Familie«, versicherte Kilian ihr. Sie zuckte nur mit den Schultern und drehte sich wortlos um.

»Wohin willst du gehen?«, rief er ihr nach.

»Brion. Ich habe dort Arbeit im Palast gefunden.«

Alexa klammerte sich an seine Hand und blickte ihrer Schwester stumm hinterher.

Nachwort

Liebe/r Leser*in,

vergiss nicht, auch wenn die Erzählung rund um Emma und Kilian eine Romanform angenommen hat, enthält sie noch immer Merkmale einer Kurzgeschichte. Sie ist bewusst knapp gehalten, lässt viel Raum für die eigene Kreativität und die Handlungsstränge wickeln sich nur um die beiden Hauptpersonen.

Printed in Poland
by Amazon Fulfillment
Poland Sp. z o.o., Wrocław

75726956R00101